聖女魔力無所不能

The power of the saint is all around.

5

Author
橘由華
Illustration
珠梨やすゆき

Kadokawa Fantastic Novels

Contents

The power of the saint is all around. vol.5

Character

The power of the saint is all around.

聖

被召喚到異世界擔任聖女的ＯＬ小鳥遊聖。由於在治療傷患與淨化魔物方面大顯身手而開始受到各地人們崇拜，導致她最近相當煩惱。開發料理和美容用品是生活調劑。

萊昂哈特

統率克勞斯納領的傭兵團團長。很欣賞擁有優秀藥師本領的聖。

艾爾柏特・霍克

第三騎士團的團長。據說是個不苟言笑的人，還被坊間稱為「冰霜騎士」，但在聖的面前卻是……？

薬用植物研究所的所長。很照顧聖，與艾爾柏特似乎是從小一起長大的好友。

宮廷魔導師團的師團長。一談到魔法和魔力的研究，眼神就會大轉變。目前對聖的魔力充滿興趣。

藥用植物研究所的研究員，負責指導聖。親和力十足，很懂得照顧人。常常偷吃聖做的料理。

和聖一樣被召喚到異世界的高中生御園愛良。目前在魔導師團裡學習魔法。

聖在圖書室交到的朋友，是侯爵千金。非常敬仰聖。

宮廷魔導師團的副團長，艾爾柏特的兄長。雖然沉默寡言，但是位通曉人情世故的人。總是因為尤利而飽受折騰。

第一集故事大綱

Story line

二十幾歲的ＯＬ小鳥遊聖，在加班結束後回到家的瞬間，突然穿越到了異世界。

儘管她是以「聖女」身分被召喚過去的，但這個國家的王子只帶走和聖一起被召喚過來的可愛女高中生——御園愛良，把聖留在召喚室裡。

後來，雖然幾經波折，但由於不知道回去日本的方法，聖於是決定開始在藥用植物研究所裡工作。

聖早已察覺到自己就是「聖女」，卻仍選擇隱瞞身分，過著平凡人的生活。

然而，聖的能力太過厲害，在做藥水、下廚和製作美容用品等各方面都讓人們大為驚嘆。她做出來的ＨＰ上級藥水救了第三騎士團團長——艾爾柏特的性命，並以此為開端，引發各式各樣的奇蹟。

於是，「聖．小鳥遊會不會才是聖女……？」的傳聞在王宮傳開了。

第二集故事大綱

Story line

儘管聖答應了宮廷魔導師團的傳喚，但暫時逃過一劫，沒將「聖女」的身分暴露出去。

她開始接受宮廷魔導師團師團長尤利・德勒韋思的斯巴達式指導，日子過得既忙碌又充實。

然後，不知是拜特訓所賜，抑或出於偶然，金色魔力再次引發奇蹟，眾人愈加懷疑她就是聖女。

但第一王子凱爾否定這樣的懷疑，固執地相信和聖一起被召喚過來的愛良才是「聖女」。

直到聖參與魔物討伐之後，周遭的人們才確定她便是「聖女」。

第三騎士團團長艾爾柏特遭逢危機之際，聖使用金色魔力，瞬間淨化湧現魔物的黑色沼澤。

結果，斷定聖是假聖女的第一王子凱爾被處以禁足的處分。

原本來到異世界之後，只有凱爾可以依靠的愛良，也趁此機會與聖還有學園的朋友建立交情，獲得了平穩的生活。

第三集故事大綱

Story line

由於聖發動了帶來奇蹟般效果的金色魔力，終於被認定是真正的聖女。但是，她依然不曉得什麼情況下才能發動「聖女的魔力」。

就在此時，她接到了前往藥草聖地遠征的委託。她不僅成為藥師的弟子，還獲得傭兵團長的賞識，也會下廚做類似藥膳的料理招待其他人。當她一邊享受遠征的生活，一邊努力製作藥水之際，竟發現與前任聖女有關的手札。以這本手札為線索，她終於知道該如何使用「聖女的魔力」，然而發動條件卻是「想著霍克團長」，讓她羞恥到無法告訴其他人……！

不過，在順利學會使用「聖女的魔力」之後，她也即將隨著騎士團及傭兵團一同前去調查森林。

第四集故事大綱

Story line

知道如何發動「聖女的魔力」後，聖前往珍貴藥草叢生的森林進行調查。

在以力量為傲的騎士團與傭兵團的護衛之下，她安心地在森林中前進，結果遇到了不怕物理攻擊的魔物「史萊姆」！

聖一行人在苦戰中想辦法突破包圍網後成功撤退，只是依然苦於不知如何應付性質相剋的敵人。就在這時，宮廷魔導師團的師團長尤利與愛良趕來助戰！

在強力的援軍登場後，聖等人順利淨化了森林，克勞斯納領恢復了安寧。

聖和愛良在慶功宴親自下廚招待大家，與傭兵團之間的交情也更加深厚，一切都圓滿收場！

不過，聖心中還記掛著一件事。那就是森林在遭到史萊姆肆虐後，只剩下一片枯萎荒涼的慘狀。於是她利用「聖女的魔力」，成功讓森林奇蹟似的重生！

就這樣，聖一行人完成所有目的之後，儘管對於離開感到依依不捨，還是不留一絲遺憾地返回了王都。

第一幕　商會

從克勞斯納領回到王都後過了三個月。

季節慢慢邁入夏天。

這是我來到這個世界的第二個夏天。

回來之後，還是在王宮的支援請求下前往各地討伐魔物。

日子過得很忙，但辛苦也是值得的，目前找到的黑色沼澤全都淨化完成了。

聽說去過的地區魔物明顯有所減少，因此暫時可以放心。

不過，這樣還不能確定魔物湧現的情況已經平息下來。

畢竟有可能會出現新的黑色沼澤。

於是，我們決定繼續調查黑色沼澤，一找到就再次出發去淨化。

沒有黑色沼澤的地區基本上都交給騎士團，不用我過去。

所以，這陣子我多出了一點時間。

而就在這時候，克勞斯納領寄來了大批貨品給王宮的藥用植物研究所。

「太驚人了吧……」

看著堆積在倉庫的箱子，這句低喃自然而然從我口中冒了出來。

堆得像小山似的箱子，裡面都裝滿克勞斯納領寄來的藥草和種子。

不只是之前短缺的ＨＰ與ＭＰ藥水所使用的藥草，還有對燒傷和痲痺等異常狀態有復原功效的藥水材料。

其中似乎還有極為罕見的藥草，研究員們拿著和箱子一起寄來的清單確認貨品內容，開心得歡呼起來。

其實與其說是歡呼聲，用吼叫聲來形容或許比較恰當。

「聖，也有妳的信哦。」

原來那個人的嗓門有那麼大呀。

見到平常沉著穩重的同事意想不到的一面，我心中浮現這個感想，而這時所長就一手拿著信這麼跟我說道。

看來寄給我的信是跟著寄給研究所的信一起來的。

從所長手上接過信後，我翻過來就看到柯琳娜女士的署名。

我當場拆信來看，然後忍不住露出苦笑。

我在離開克勞斯納領之前讓史萊姆毀掉的森林重生一事，被他們發現了。

他們大概是察覺到我偷偷這麼做的用意，所以沒有直接提及而是寫得很委婉，但知情的人一看就懂。

此外還相當鄭重地寫著感謝的話語。

這次有如此壯觀的大陣仗，看來不只是柯琳娜女士，連領主大人也發現了吧。

儘管我對政治不熟悉，但克萊斯納領寄來的貨品多到令我忍不住這麼想。

畢竟，他們寄來的貨品箱分為**兩種**，一種是給研究所的，一種是給我的。

沒錯，另一個倉庫正放著寄給我的貨品箱。

明明藥草短缺的問題還沒解決，他們是從領地各處搜集起來寄給我的吧。

總覺得很不好意思，可是感受到柯琳娜女士的關心，胸口還是暖洋洋的。

「信上寫了什麼？」

所長原本正在跟研究員們一起確認箱子裡有哪些貨品，發現我讀完信就走了回來。

他勾著賊笑詢問信的內容，視線卻一直停留在手上的袋子。

我想袋子裡裝的是藥草種子。

上面寫著以市面少見而聞名的藥草名稱。

得到那麼稀奇的種子，他整個人都高興得眉開眼笑。

「是為我們討伐魔物的事情表達感謝，藥草是謝禮的樣子。」

「這樣啊。所以妳又不知收斂地鬧出事了吧？」

「很失禮耶，我並沒有做出……那種事……吧？」

「妳自己都產生懷疑了，還有比這更可疑的嗎？」

所長用揶揄的口氣一問，我就微微噘起嘴唇這麼答道。

只是內心有一絲歉疚，話說到一半就支吾起來，可能就是這樣害我露了餡。

所長的聲音立刻帶了些傻眼的意味。

我的視線飄往斜上方，聽到他深深嘆了口氣。

「其實我早就聽艾爾說過一些了。」

「原、原來是這樣嗎？」

聽到所長隱含笑意的嗓音這麼說，我不禁流下冷汗。

看樣子，團長已經把我在克勞斯納領的所作所為告訴所長了。

該不會也包括史萊姆森林的事吧？

從所長的語氣來看，似乎還不知道的樣子？

要是他知道的話，應該會認真板起臉訓斥我一頓。

他平時就一直叮囑我要收斂一點，所以我只能祈禱事跡沒有敗露。

「話說回來，有這麼多種類不同的藥草，感覺研究也能有所進展呢。」

「是啊，藥草短缺也導致一些研究暫時擱置下來了。這麼說來，寄給妳的貨品中，也有這一帶沒辦法種植的藥草種子。」

「那應該是我拜託他們寄來的種子。」

「妳拜託的啊？」

「是的。我在那邊學到了藥草的栽培方法，所以想試試看能不能在王都栽培起來。」

「哦？」

「之後可能也要請所長幫忙一下就是了。」

「可以啊。」

我為了轉移話題而提起克勞斯納領寄來的貨品後，如同預期開始討論這部分的事情。

所長果然因為長期研究藥草栽培，對種子的興趣超越藥草本身。

只不過是看了寫在種子袋上的藥草名稱，他就知道那個藥草能不能在王都種植，這真的很厲害。

土壤需要祝福的種子，以及不需要祝福的種子，這兩者我都有許多嘗試想做。

地點不同所造成的影響，只要有「聖女」的法術和所長的土屬性魔法，就算有些勉強之處也能克服吧。

既然所長這麼爽快地答應幫我，之後就做點新菜色招待他吧。

不過，寄來的藥草真的很多。

數量這麼多的話，用在藥水以外的地方也不要緊吧。

尤其是寄給我的那些貨品，應該有可以做美容用品的藥草。

或許能嘗試研發新款化妝水和乳霜。

享受不同藥草帶來的香味也是樂趣之一嘛。

總覺得皮膚在經歷討伐魔物和一些事情後有點曬黑，所以製作美白保養品應該也不錯。

「怎麼啦？」

「沒什麼，我只是在想，或許可以用寄來的藥草試做新的美容用品。」

「新的美容用品？」

當我看著還在箱子周遭喧鬧的研究員們想事情之際，所長就朝我這麼說道。

我說出剛才漫不經心思考的事情，他便語帶疑惑地回我話。

視線移到他身上，便發現他帶著跟聲音一樣的疑惑表情探究著我。

我將自己打算製作香味和功效不同於以往的產品告訴所長後，他大概是理解過來了，便點頭說聲「原來如此」。

「新的美容用品嗎……」

「有什麼問題嗎？」

「呃，沒有……那個妳也打算拿去商會賣嗎？」

「我沒有特別想過要拿去商會賣耶。」

「是嗎？不過，其他人應該會想要吧？」

「喔……這麼說也是。」

經所長一提，我就想起了這件事。

儘管我早已忘得一乾二淨，確實很多人想要我製作的美容用品。

原因在於，我的美容用品有非常強的功效。

這應該要歸功於製藥技能的威力。

我當初做美容用品的動機是為了自用，後來在見識到產品功效的莉姿央求下，便開始分給大家用。

美容用品在莉姿身上也確實發揮了作用，而且經過她朋友們的口耳相傳，逐漸引起更多人的興趣。

只不過，如果只是做給莉姿用還沒關係，那麼多人要用的美容用品我做不出來。

畢竟還有研究所的工作要顧。

於是我請所長幫忙，將配方分享給某個商會，請對方代替我製作美容用品。

我告訴莉姿那個商會有供應我的美容用品後，掀起了驚人的買氣。

很多人專程來買美容用品，比我原先聽說的還要多。

根據所長所述，即使是習慣做大筆生意的商會，連日接待大排長龍的貴族也備感艱辛。

商會如今整頓好生產體制，還能承接貴族的定期訂單。

不過，新產品上市就另當別論了。

不難想像當時的搶購熱潮會再捲土重來一次。

將商品化納入考量，預先想好各種因應對策比較好吧。

「我覺得可以找商會的人商量看看。」

「也對。那我去聯絡他們。」

「麻煩您了。」

商會那邊交給所長處理，之後應該就沒問題了吧。

我回想著寄給我的貨品清單，一邊思索要製作什麼。

由於我想得太投入，沒發現所長離開倉庫時臉上浮現若有所思的表情。

◆

在一整天都要上禮儀課的日子，必須做好變身淑女的準備。

我今天也一大清早就來到王宮一室，在包圍著我的侍女們之中，有一人察覺到化妝臺上放著陌生的瓶子。

那個人是瑪麗小姐，負責管理我的專屬侍女們。

「聖小姐，請問這樣物品是什麼？」

「啊，那是新的美容用品。」

瑪麗小姐雙手捧著白陶瓶這麼問我，而我回答後，侍女們的視線立刻集中到我身上。

那視線猛烈得彷彿可以聽到「咻！」的音效。

「新的美容用品嗎？」

「對，我試做了強化美白效果的乳霜。」

「美白……」

在一旁聽著的侍女喃喃說道，不知誰發出了吞口水的聲音。

她們會有這樣的反應也很理所當然。

畢竟膚色白皙是斯蘭塔尼亞王國的美人條件之一。

所以貴族小姐們平時都會注意不要曬到太陽。

儘管如此，有時候會不小心曬黑也是事實。

尤其是在王宮工作的侍女們更容易曬黑。

這些同時也是貴族小姐的侍女們為了維持膚色，每天付出的努力令人不禁要掬一把辛酸的淚水。

她們聽到具有美白效果的美容用品不可能無動於衷。

我早就知道了。

「聖小姐，這個乳霜……」

「我先用一陣子，沒問題的話，希望各位可以幫我試試看。」

「我們當然很樂意幫忙！」

侍女怯怯地詢問我，而我說要請她們試用後，她就滿臉喜悅地用力點頭。

平常都會出聲責備的瑪麗小姐這次也苦笑著沒多說什麼，看來她也很好奇新款美容用品的效果吧。

讓新款美容用品在商會販售之際，會事先測試用過的人是否有皮膚發炎的症狀。

最先試用的人是我，若沒問題再找人試用，確認其他人使用也不會有問題。

上次，其實也就是第一次在商會販售美容用品時，就是請侍女們試用的。

由於那款產品早就是貴族婦女們之間的熱門話題，她們都非常樂意幫忙試用。

測試結果完全沒問題，功效絕佳的美容用品讓侍女們欣喜萬分。

多虧如此，她們還主動表示下次有新產品也願意幫忙試用。

所以我本來就決定下次也要請她們幫忙。

而這次她們也答應了，真是太好了。

「所以是強化美白效果的乳霜吧？」

「不知道皮膚能變多白，真令人期待。」

當我在上妝時，侍女們就在我面前一邊拿著禮服和飾品，一邊討論著美白乳霜。

她們看起來很期待乳霜的效果，每個跟我說話的侍女都睜著閃亮亮的眼睛。

「我不保證能變得和妳們期待中的一樣白哦。畢竟呈現的效果因人而異。」

「不會有人懷疑聖小姐的美容用品效果啦。」

「真的。我現在已經不用其他美容用品了呢。」

我苦笑著嘗試讓她們冷靜一點，只是沒什麼用。

雖然我不曉得她們期待能變得多白，但或多或少還是會有效果吧。

我在乳霜裡大量使用據說可以美白的藥草，美白效果應該很強。

實際上我在研究所做完藥草田的工作後，只要在曬紅的肌膚擦上乳霜，瞬間就會退紅。

這種一擦見效的速度，說是塗抹式藥水也不為過吧。

話雖如此，已經變黑的肌膚能不能迅速變白我就不確定了。

來到這裡之後的生活讓我的肌膚白到了極限，所以自己用起來沒什麼顯著的效果。

而侍女們本來就會從商會購買美容用品，她們可能也跟我一樣。

基於這些原因，我有點擔心沒辦法符合她們的期待。

我的擔憂就這樣被拋在一邊，侍女們比平時還要熱鬧，但動作還是跟平時一樣迅速地將我打理整裝完畢。

請侍女們試用美容用品的隔天，我一早就被所長叫了過去。

他還順便拜託我泡茶，所以我去餐廳泡茶再前往所長的辦公室。

要泡的茶一共有四杯。

一杯是所長的，另外三杯應該是訪客的吧？

今天安排了誰要來訪嗎？

我一邊思索一邊準備好茶後，敲了敲所長辦公室的門。

「打擾了。」

「抱歉一早就叫妳過來。」

得到回應後，我踏進室內，便如同預期看到了不認識的人。

只不過是兩人。

我暗自感到疑惑，而所長示意我坐到他旁邊。

「這兩位是弗朗茲和奧斯卡。」

「幸會，我是弗朗茲。」

「我是奧斯卡，很高興認識妳。」

「幸會，我是聖。」

坐在我們對面的是眼眸猶如藍寶石般深藍的白髮紳士，以及雙眸如同祖母綠般鮮綠的橙髮男子。

紳士是弗朗茲先生，男子是奧斯卡先生。

弗朗茲先生身材瘦長，白髮一絲不苟地往後梳齊，臉上戴著眼鏡。

他和同樣戴著眼鏡的眼鏡菁英大人不同，那和藹微笑的模樣看起來完全就是個慈祥的老爺爺。

總覺得他還散發出一種精明管家的氣質，讓我忍不住想偷偷在內心稱呼他為賽巴斯欽。

奧斯卡則是不胖不瘦的中等身材，頭髮略捲，微微上挑的杏眼給人活潑的印象。

年紀應該跟裘德差不多吧？

可能再大一點？

不過看起來比所長年輕。

他們兩人的衣著不像貴族，但還是帶有富裕的感覺。

這個印象似乎是正確的，所長告訴我這兩人是商會那邊的人。

弗朗茲先生是商會的會長，奧斯卡先生則是他的助理。

「商會的人嗎？」

「對，我打算成立新商會。」

「成立新商會？」

「沒錯，屬於妳的商會。」

「什麼？」

聽到所長這麼說，我露出疑惑的表情，於是他便解釋了事情原委。

我研發的美容用品在所長的介紹之下交由商會販售，那些大受歡迎的商品創下高到不行的銷售額。

結果其他商會對此極為眼紅，引發了許多問題。

所長之所以選擇與家族有來往的商會，與其說是賺錢，更是因為這樣比較方便自己做各種調整。

但隨著各種問題發生，所長必須出面的次數增加，開始難以兼顧研究所的工作。

聽說最近其他貴族也頗有微詞，所長的家族還要忙著應付這件事。

我對商會一無所知，所以非常感激所長不辭辛苦地幫我處理許多問題。

多虧他的妥善安排，收益都交還給我，讓我的個人資產也增加了。

得知不只是所長，連他的家族也受到影響，我真的感到非常過意不去。

在這樣的情況下又要發售新商品。

更大的商機想必會引起比現在更多的問題吧。

於是，所長決定把這個商機和家族認識的商會分割開來。

他要成立一個與自己家族毫無關係的新商會，我的相關產品今後都會在那裡販售。

這樣一來就不會再對所長造成任何影響了吧。

不過，只要從原本的商會移到新商會就可以解決問題嗎？

對於我的疑問，所長相當乾脆地否定了。

「沒有人敢動『聖女』大人的商會吧？」

「這……唔，是這樣嗎？」

聽到所長的意見後，我偏過頭，而坐在眼前的兩人則同意地點點頭。

考慮到「聖女」在這個國家的地位，或許這是理所當然的吧？

儘管我還是不太能認同，眼下這個疑問就先擱置一邊吧。

既然新商會是屬於我的，那我還有其他事情想問。

「雖然您說是我的商會，但我只會研發產品哦。」

「我知道，所以才請了這兩位來。」

沒錯。

要說我會做的事情，也只有製作藥水和美容用品之類的而已。

我不懂得經營商會。

當我坦白說出內心的不安後，所長就指向那兩人。

聽所長說，我只要像之前一樣根據靈感來做東西就可以了。

弗朗茲先生他們會幫我包辦其餘的商會工作。

所以，今後只是改變產品資訊的提供處，我的作業內容和報酬依然維持原狀。

弗朗茲先生和奧斯卡先生是從原先的商會挖過來的人才，本來就具備非常優秀的能力，全權交給他們也不會有問題。

把這麼優秀的人才挖過來沒關係嗎？雖然我這麼想，但這部分所長家族那邊的人士們幫忙協調過了。

我不禁覺得應該要找機會送些禮品給所長的家族表達問候。

「今後麻煩兩位多多指教了。」

「這是我們該說的，請多指教。」

弗朗茲先生露出溫和的微笑向我致意，奧斯卡先生同樣笑咪咪地向我鞠躬回禮。

既然所長都打包票保證了，有這兩人在就可以放心了吧。

我回應他們的致意後，會面就這樣結束了。

◆

認識弗朗茲先生與奧斯卡先生後過了一個月。

王都有間新商店開張了。

那是弗朗茲先生擔任會長的商會所經營的店鋪。

店鋪與其他貴族的御用商店並列在同一條街道上。

之所以選在這裡，有一部分原因是預定販售的美容用品都是貴族在買的。

不過，距離平民店家林立的街道也很近。

聽說是今後除了貴族外，還打算拉攏富裕的平民成為顧客。

弗朗茲先生的預想似乎應驗了。

上門的不只貴族，還有非常多看起來像商家千金的小姐們。

這些千金小姐們再加上侍從們把店裡擠得水洩不通。

整排都是供應高級品的商店，位於其中一角的商店那麼熱鬧應該很少見吧。

我在稍遠處看著剛開張的店鋪，心中這麼想著。

「真是盛況耶。」

「對啊，聖小姐的美容用品似乎比預期中還要熱賣呢。」

「記得原本的店鋪一直都只有貴族在買而已。」

「畢竟之前在那邊也是賺翻了嘛，在王都的商家之間很有名的樣子哦，就連商家的女士們都在討論。」

「原本的店鋪只做貴族的生意是嗎？」

「好像是吧，因為製作速度趕不上的關係。哎呀，弗朗茲先生也說多虧聖小姐的提議才能擴大客層，很感謝妳呢。」

用隨和的口吻跟我說話的是奧斯卡先生。

也許是這一個月來為了準備開店而常常交談的緣故，不知不覺間他在我面前變得這麼放鬆自若。

他一開始的態度更加拘謹，大概是個會看時間、地點和場合來應對的人吧。

比起對我畢恭畢敬，現在這樣更讓我輕鬆，所以我並沒有表示不妥，就任由他這樣。

但是，這麼想的只有我而已。隔著我站在另一側的人，似乎很介意奧斯卡先生的態度。

那是因為要來王都而負責保護我的團長。

他一反常態，面無表情地對奧斯卡先生投以銳利的視線。

「什麼提議？」

「聖小姐之前建議我們可以按照功效強弱來分類美容用品。」

可能是對奧斯卡先生剛才說的話感到好奇，原本一直沉默不語的團長開口這麼問道。

雖然我不曉得奧斯卡先生到底有沒有察覺到團長的眼神，但他解釋的時候倒是轉為對待貴族的恭敬語氣。

我向弗朗茲先生提出的點子，就是提供比較便宜的美容用品。

一直以來提供的美容用品都是具有製藥技能的人做的，所以價格稍微貴一點。

不過，美容用品本身使用的是我原本世界的通用配方，就算沒有製藥技能其實還是做得出來。

在這個情況下，功效比不上具有製藥技能的人所製作的產品。

於是，我就提議要不要試試看把這類產品降價來販售。

結果如同眼前所見。

店面即使向顧客說明這類產品的功效不比以往，還是有很多人願意購買。

「店鋪那邊好像沒什麼問題的樣子？」

「確實沒什麼問題呢。僱用的新人大部分都很優秀，我是覺得可以放心啦。」

「那真是太好了。」

「聖小姐是下次才要去店裡看看吧？」

「對，畢竟今天太多人了。」

「了解～那麼，妳等一下就要直接回去了嗎？」

「我是這麼打算的。」

「難得出來一趟，要不要去哪裡逛逛再回去呀？最近新開了一家店，是相當受歡迎的茶館喲。」

「這樣啊？」

「沒錯。那是專門接待貴族的茶館，聽說可以品嘗到從國外進口的茶款，很受喜歡新奇事物的貴族們青睞呢。」

我原本想說偷看完店鋪的狀況就可以回王宮了，但聽到茶館的事情又湧起一些興趣。

我對外國的茶有點好奇。

可是，要去茶館的話，負責保護我的團長也必須一起去才行。

我是利用休假的時間進城，團長則是在工作。

拉一個在工作的人陪我去茶館沒關係嗎？

不好吧。

我只是想了一下，就覺得對他不太好意思。

今天本來就是因為我想看看店鋪的情況而害他徒增工作，我對這一點心知肚明。

儘管我很想順路去趟茶館，給別人添麻煩還是不妥。

我猶豫了一會兒，正要說直接回去之際，團長就先一步開口問：

「那間店在哪裡？」

「地點嘛……」

咦？為什麼？

我什麼都還沒說吧？

難道團長也有興趣嗎？

我看向聽著奧斯卡先生說明的團長，而團長察覺到我在看他，便迎上了我的視線。

「妳想去看看吧？」

「咦……？對。」

「那麼，我們就去看一下吧。」

這樣好嗎？

團長帶著滲出蜜意的笑容對我這麼一說，我想去茶館的想法就更強了。

不知是他看穿了我內心的掙扎，還是一切都明明白白地寫在我臉上。

跟奧斯卡先生道別後，我在前往茶館的路上詢問團長是怎麼看出來的，他就回答是因為我的眼睛在閃閃發光的緣故。

看來我在聽到茶館的事情時，露出了跟談論藥草和藥水時一樣的表情。

有這麼明顯嗎？

更重要的是，藥草和藥水竟然可以跟新開的茶館相提並論，我這人到底是怎麼回事？

我一時發窘低頭看著腳下，旁邊便傳來含糊不清的笑聲。

發現團長抖著肩膀隱隱發笑，我也只好半垂著眼瞪他了。

「應該是這裡吧。」

「哇！」

揮別奧斯卡先生，坐了幾分鐘的馬車後，我們抵達要去的那間茶館。

茶館面向道路的牆壁有一片大窗，從外頭可以看到裡面的景象。

由於是專門接待貴族的店家，裡面並不怎麼擁擠，但還是有一些客人。

團長扶我下馬車後，我一走進店門口，店員就帶著笑臉前來迎接。

我們就這樣被帶進茶館裡面。

店內右手邊的牆壁一整面都描繪著風景，左手邊的牆壁則鑲嵌著幾片鏡子。

拜這些鏡子所賜，店內看起來比實際上還要寬闊。

果然是專門接待貴族的店家才會如此精心裝潢嗎？

我一邊思考著這些事，一邊坐在店員安排的座位上。

我沒有看菜單，直接跟店員說想喝國外進口的飲品後，店員就一切了然於心似的笑著點點頭。

店員離開後，我才想到應該點個配茶點心，但已經來不及了。

畢竟我實在太在意新的茶款了。

「這是本店推薦的咖啡。」

「唔！」

咖啡？

剛才說的是咖啡沒錯吧？

從店員口中冒出的名稱讓我心下一驚，目不轉睛地盯著端上桌的杯子。

看到在杯中搖曳的漆黑水面，我心中是有個猜測，沒想到竟然還真的如我所料。

被召喚過來之際，出於某種神祕機制，這個世界的詞彙有時候會替換成原本世界的詞彙，替換後的詞彙會深受我的固有印象影響。

可能是我來到這個世界之後喝到的都是水和茶，所以奧斯卡先生提到的詞彙才會替換成茶吧。

也有可能是奧斯卡先生認為咖啡是茶的一種，才會跟我說是茶。

不過，沒想到會是咖啡啊……

「怎麼了？」

「沒什麼，只是看到熟悉的飲料有點驚訝……」

「妳祖國的嗎？」

「是的。」

大概是我一直盯著咖啡遲遲不喝，團長擔心地朝我這麼問道。

告訴他原因後，他看著我的表情又更擔憂了。

我回了個要他放心的笑容，他的臉色才跟著和緩下來。

好久沒喝咖啡了。

不趁熱喝就太浪費了。

我拿起杯子就口，懷念的香味迎面撲來，刺激著鼻腔。

笑容不自覺加深。

畢竟我在日本的時候，每天都要來杯咖啡。

「味道比紅茶還要濃呢。」

「對呀，加牛奶感覺也很好喝。」

店家端來的咖啡比我熟悉的味道還要濃郁。
傾斜杯子可以看到底部有咖啡粉沉澱，我猜應該類似於土耳其咖啡。
「嗯？妳不是喝過嗎？」
「我是喝過，但味道跟我在日本喝的不同，可能是沖泡方法不太一樣吧。」
「沖泡方法嗎？」
「對，沖泡方法會讓咖啡的風味有很大的不同。」
團長似乎是注意到我用了「感覺也很好喝」這樣的說法而感到疑惑。
我在日本喝的通常是罐裝咖啡，或是用濾紙沖泡的咖啡。
其他還有法蘭絨濾泡式、虹吸式、法式濾壓壺等各種不同的沖泡方法，但我幾乎沒有喝過用那些方法沖泡出來的咖啡。
更別說土耳其咖啡了，我一次也沒喝過。
「妳在日本常常喝啊？」
「每天都喝哦。因為喝咖啡可以趕跑睡意。」
有一種說法是，喝咖啡能夠驅除睡意其實是自己的錯覺。
只不過，吃完午餐就是習慣喝咖啡呢。
但也不能一直喝，要是連續喝兩杯以上就會覺得不太舒服。

儘管如此，早餐和午餐後還是必須來一杯咖啡。

「原來是這樣啊。」

「有時候還會自己泡呢。」

「自己泡嗎？」

「對。只要有工具的話，我在這裡也能泡咖啡就是了……」

說到這裡可以用來泡咖啡的工具，就是研究所的燒杯和燒瓶了吧？

可是，我想不到要怎麼利用燒瓶那些東西來泡咖啡。

如果像法蘭絨濾泡式那樣，準備布和鐵絲好像就行得通了？

「妳想到什麼了嗎？」

「是的。要準備泡咖啡的工具應該沒問題。」

「這樣啊。」

既然弄得到工具，要做的事就只有一件了。

不用我多說，團長似乎就猜到我打算做什麼，那雙眼眸綻放出期待的光采。

我心裡很明白。

只要能順利泡好咖啡，我當然也會請團長喝。

至於咖啡豆的話，不曉得能不能在這間店買？

不只是工具，咖啡豆也要準備好才有辦法起步。

我詢問店員後，得知他們有在賣咖啡豆。

看來也有人跟我一樣，想自己嘗試沖泡咖啡。

於是，我買了一小袋咖啡豆，然後啟程回王宮。

畢竟是國外進口的東西，一小袋就要價不菲。

第二幕　舶來品

「所長，您又在喝了啊？」

我來到所長室送文件，發現室內飄蕩著咖啡香。

沒記錯的話，每次來這裡都只會聞到滿室的咖啡香。

我之所以會有這樣的認知，是因為所長真的太沉迷於咖啡了。

「別這麼說啦，咖啡豆可是我自掏腰包買的耶。」

「這一點我當然很清楚。但是，喝太多還是不好。您最近一直都在喝吧？」

我一追問，所長就撇開視線。

見狀，我不禁泛起苦笑。

不過，讓整間研究所都開始喝咖啡的人就是我，所以我也沒有立場阻止他。

在王都喝到咖啡的那一天，我回到研究所之後，就立刻去問所長有沒有幫我製作工具的門路。

門路是有的。

真的是遠在天邊，近在眼前。

所長介紹給我的，就是負責製作研究所實驗器具的製造廠。

將製造廠的人員請來研究所後，我向對方說明要訂製什麼工具，過了一星期工具就寄到研究所，而且跟我說明的一模一樣。

於是，既然咖啡豆和工具都備齊了，我就在研究所的餐廳沖泡咖啡。

一聽說是王都流行的飲料，以所長為首，所有感興趣的人們都聚集到了餐廳來。

在眾人的環視中，我使用全新的法蘭絨濾布慢條斯理地沖泡咖啡。

看到緩緩滴落在玻璃壺中的黑色液體，大家「哦哦～！」地掀起一片歡呼聲。

雖然有的人不喜歡這種聞不慣的氣味，但大部分人的反應都很正面。

真不愧是藥用植物研究所的研究員們啊。

之所以對陌生的香味這麼包容，或許是因為習慣了藥草的氣味也說不定。

味道方面，許多人也都覺得可以接受。

有些研究員已經在店裡喝過咖啡了。

他們認為我泡的咖啡比店裡的咖啡還要好入口。

相較於土耳其咖啡，法蘭絨濾泡式咖啡可能味道更清爽吧。

也因為這樣，現在研究所裡很流行喝咖啡。

「請您還是要適可而止一點哦。日本那邊還有咖啡因中毒這種說法，喝太多可是會傷身體的。」

「我知道、我知道。我會注意的。不過，這東西也沒辦法任人喝到中毒的地步吧？」

「是這樣沒錯啦。」

面露苦笑的所長說得很正確。

咖啡豆畢竟是從國外進口的，價格相當昂貴。

因此，所長手上拿的是小杯子，一次喝的量很少。

就算一天喝個幾杯，喝的量也絕不至於咖啡因中毒吧。

然而，我內心還是不安。

因為這邊的咖啡比我在日本喝的咖啡更有效果。

研究所會流行喝咖啡，除了味道之外還有其他原因。

那就是日本那邊還有待質疑的提神效果，在這邊發揮得太好了。

實際見到熬夜三天的人喝下咖啡就精神抖擻的模樣，我真的嚇到了。

不曉得是誰說的，咖啡或許也可以稱為解除睡眠異常狀態的藥水。

出於這個緣故，我清楚地記得部分研究員簡直樂翻了，他們覺得只要有咖啡就可以縮短睡眠時間。

我沒有聽說過藥水不能喝太多。

即使如此，這麼強的效果還是會讓我有點擔心飲用過量的問題。

所長喝的咖啡是廚師泡的倒還好。

那個熬夜三天的人喝到的可是我泡的咖啡。

我不確定增強五成的魔咒是發揮在製藥技能上，還是烹飪技能上。

將文件交給所長後，我在走廊上往研究室前進時遇到了裘德。

他好像剛從倉庫取藥草回來。

我們互相道了聲「辛苦了～」，然後一起走去研究室。

路上我順道向裘德請教前幾天想到的事。

自從發現咖啡後，我追求家鄉味的熱忱就更加高漲了。

而裘德的家族是經營食品業的商家，而且他對植物也很了解，於是我決定問問看他。

「米？沒聽過耶。」

「那稻子呢？」

「好像也沒聽過。」

「這樣啊，真可惜。」

我一開始先問他知不知道米這種東西，沒想到希望落空了。

後來想說可能名稱不一樣，便嘗試把米的特徵描述給袞德聽，但他只是一直傾著頭疑惑而已。

我們聊著聊著就抵達了研究室。正當我們打算回去做各自的工作時，袞德放下藥草後又跑來找我。

我偏頭不解，結果是要我詳述米的相關資訊。

袞德說要幫我問問家裡的人。

因為他家裡的人對這方面更了解，說不定會知道米這種東西。

我一邊在內心感謝他的提議，一邊將米的事情講解給他聽。

「你們在聊什麼啊？」

「啊，所長。」

講解完稻子這種植物的特徵，輪到米這個主食的特徵時，所長就過來了。

我一回神，這才發現身邊不只袞德，還有幾名研究員也很專心地在聽我講解。

雖然米應該沒有藥效，但植物研究者對未知的植物還是會感到好奇吧。

或者他們其實是對未知的食物充滿了興趣？

在我半帶玩笑意味地想著這種事情之際，袞德就代替我向所長說明了。

「米和稻子？」

「是的。稻子是植物本身，米是收穫的種子，所以實際上是同一種植物。」

「唔～沒聽過呢。」

「這樣啊……」

連通曉植物的所長都不知道啊。

接下來只能把希望寄託在裘德的家人們身上了吧。

當我這麼想著，就聽到所長提出一個好點子。

「去找妳那邊的弗朗茲商量看看如何？」

「弗朗茲先生嗎？」

「對。他以前周遊過世界各地，搞不好會知道哦。」

畢竟外國都有咖啡了。

米可能也是在外國生產的。

弗朗茲先生是個精明幹練的商人，在環遊世界的期間感覺會調查每一塊土地的物產。

或許可以期待吧。

下班後，我立刻寫信寄給弗朗茲先生，隔幾天就收到了回音。

差不多同一時間也收到了裘德家人對於米的答覆。

令人意外的是，兩邊的回答都一樣。

「摩根哈芬？」

「摩根哈芬是位於本國東方的港口城鎮。」

我唸出信上的城鎮名字，正好站在旁邊的所長就幫我解答了。

聽到是位於東方的港口城鎮，我便想起在王宮上課時學到的內容。

我只記得曾在哪裡聽過這個城鎮名字，但印象很模糊。

「是不是以貿易著稱的城鎮？」

「沒錯。妳竟然知道啊。」

「課堂上有教呀。不過剛剛才想起來啦。」

弗朗茲先生在信上說，他以前在東方國度看過相似的穀物，只是名稱不同。

這個國家從那個東方國度進口的商品會在摩根哈芬卸貨。

基本上都是進口這個國家需求的各種物品，說不定米也在其中。

以上就是弗朗茲先生告訴我的事情。

裘德家裡寄來的信則提到，雖然不記得名稱了，但在摩根哈芬見過相似的穀物。

從兩封信的內容來看，弗朗茲先生和裘德家人指的極有可能是同一種穀物。

唔～可以請裘德的家人幫忙調來那種穀物嗎？

當我在思索要不要和平常一樣向店家下訂時，所長就提議道：

「機會難得，要不要去摩根哈芬看看？」

咦？我可以去嗎？

◆

摩根哈芬在斯蘭塔尼亞王國的東側，是座落於沿海地帶的港口城鎮。

城鎮周邊有許多山丘，必須登上最高的山丘才能一覽城鎮全貌。

登上那座山丘的頂端後，我從馬車車窗探出頭來，看見前方是一路延仲至大海的街景。

馬夫停下車，讓我可以從車窗仔細欣賞城鎮風光。

城內遍布斜坡，看來裡面也有山丘的樣子，只不過比現在這座山丘還要矮。

感覺在城裡移動的時候會有點辛苦。

我將視線移向港口，看到好幾艘帆船停泊於碼頭。

稍微離岸的海上也有掛著白帆的船。

那些船等一下要進港嗎？

還是說，那是才剛出航的船呢？

「快到了耶。」

「對呀。」

當我入迷地看著街景時，坐在旁邊的裘德就朝我這麼說道。

我從車窗縮回脖子坐好並對他點了點頭，馬車隨即再度出發。

在所長建議我去摩根哈芬後，隔一星期我便請了稍長的假來到這裡。

所長說我之前沒有休假過，這次可以慢慢玩個高興再回去。

我認為這句話有語病。

我又不是完全沒有休假過。

但是，研究室所有人都一致表示：「那才不叫休假。」

做自己要用的美容用品、下下廚、到王宮的圖書室看書，這樣還不叫充分享受了休假時光嗎？

反正不管怎樣，我實在無法抵抗可能找到米的希望，便決定聽所長的。

這次的旅行有裘德陪我。

裘德似乎也對國外進口的商品感興趣，所以乾脆就和我一起來了。

除了裘德之外，還有幾位第三騎士團的騎士同行。

他們並不是休假，而是正正經經地工作。

也就是護衛。

這個國家不同於日本，不只有魔物，還有盜賊出沒。
主要官道都是由該地區的領主們管理，相對比較安全。
然而，這並不代表完全沒有危險。
於是，這次的路途由騎士們擔任我們的護衛。
這是王宮那邊的提議，我個人也心懷感激地接受了。
順便補充，團長沒有一起來。
我原以為他也會來，但遺憾的是他要留在王都。
看來一旦做到騎士團的領袖，果然必須待在王都處理大大小小的工作。
我們出發的時候團長還有來送行，他的表情一副非常遺憾的樣子。
不過，我想團長之所以留下來，另有一個最大的原因。
那就是我在這次的旅行要藏起「聖女」的身分，喬裝成一般人。
問我為什麼？
想想嘛，要是以「聖女」的身分行動，各方面來說都太過張揚了。
為了避免變成那樣，我們裝成商隊的模樣移動。
擔任護衛的騎士們全都扮成傭兵，長相也都不是特別招人注目的那種。
倘若團長也在其中，那麼不管怎麼看，都像是穿著便服外出私訪的尊貴人家。

即使打扮成傭兵，也掩蓋不住那滿身的光華……
所以我忍不住覺得，這才是團長留下來的最大原因。
就算沒找到米，如果看到稀有的外國商品就買回去送給在王都等我的團長吧。
所長和研究員們的份當然也不可少。
「會不會怪怪的？」
「不會啊，妳看。」
我看快要進城了，便檢查一下儀容。
平常不會特別檢查，這次是因為變裝的緣故。
這次的旅行中，為了藏起這個國家不常見的黑髮和黑眸，我戴上了假髮和眼鏡。
我探頭對著裘德遞過來的鏡子照了照，上面映出褐髮且戴著眼鏡的我。
眼鏡沒有度數。
可能是太久沒戴了，鼻子一帶感到有點癢。
雖然認識我的人不會覺得有太大的差別，但光是改成常見的髮色就不會太顯眼，所以這樣就沒問題了。
馬車在我到處檢查的時候駛進城裡，停在預定要住宿的旅館前面。
由於坐了好長一段時間，我想趕快下車舒展僵硬的身體。

坐在靠門位置的裘德先下車，我跟在後面要下車之際，看見有隻手伸了過來。

裘德要扶我下車嗎？

我握住那隻手，抬頭正要道謝卻愣住了。

「歡迎來到摩根哈芬。」

「奧斯卡先生？」

那是商會的奧斯卡先生。

他怎麼會在這裡？

也許我的疑問寫在臉上了，他一邊將愣住的我扶下馬車，一邊說明原委。

奧斯卡先生為了其他事而來到摩根哈芬一陣子了。

然後從旁得知我要來摩根哈芬找食材，便趕過來迎接我。

「既然聖小姐來了，我可得好好打個招呼才行呢。」

「其實你不用這麼大費周章啦。」

「這是一定要的。畢竟沒有聖小姐就沒有我們這間店嘛。」

講得太誇張了吧。

儘管我沒說出口，還是忍不住顯露在表情上。

我回奧斯卡先生一個苦笑，而他依然滿面笑容，看起來毫不在意。

在聽他說明原委的時候，裘德似乎幫忙把入住手續辦好了，我們就這樣被帶往房間。
不知何故，奧斯卡先生也跟了進來。
我感到疑惑，他便跟我說他也住在這間旅館。
「這間旅館很棒哦。環境整潔，料理也很好吃呢。」
「原來是這樣呀。」
料理，料理啊……
「很好吃」這句話究竟有多少可信度呢？
想起這個國家原本的料理，我不禁產生懷疑。
我決定料理的事留待吃飯時再說，先跟著帶我們去房間的旅館人員走。
我來到的房間在二樓的最裡面。
往前是騎士的房間，再往前則是裘德的房間。
騎士住在隔壁似乎是出於護衛的緣故。
「這是為您準備的房間。」
「謝謝。」
旅館人員幫我開門後，我走進房間。
呃……

房間比想像中還要寬敞，我不由得呆住了。

這算是相當高級的房間吧？

確定沒弄錯嗎？

我擔心地看向旅館人員，而對方對我回以笑容。

看這反應，我便知道確實是這間房間沒錯。

我回以生硬的笑容後，旅館人員說了聲：「請您好好休息。」就離開了房間。

總之，先來整理行李吧。

話是這麼說，但也只是把衣服拿出來掛在房裡的衣櫃而已，三兩下就結束了。

而在我整理完行李的時候，耳邊傳來敲門聲。

詢問是誰後，聽到是裘德的聲音，我便打開門。

「哦～很大耶！」

「怎麼啦？」

「我的房間也滿大的，所以一時好奇就想來看看妳的房間。」

「這樣啊。那你覺得如何？有比你的房間大嗎？」

聽到裘德說要看我的房間，我便移開步伐方便他環視。

裘德踏進房內一步，環視過房內後發出驚嘆的聲音。

「真的很大耶。我猜，這應該是這間旅館最好的房間吧？」

「咦？有這麼高級嗎？」

他一說這是旅館最好的房間，我就大吃一驚。

就算我們一行人喬裝成商家的模樣，住這麼好的房間沒問題嗎？

我的擔憂被裘德的一句「哪有什麼問題？」輕易地否決了。

「說得倒簡單……」

「商家千金的話，住這樣的房間也是常有的事。」

商家千金的話……嗎？

那應該是規模相當龐大的商家吧？

我心中不太相信，半垂著眼瞪著裘德，但他沒有再說什麼。

裘德看完房內後似乎心滿意足，於是我們一起前往一樓的餐廳。

大家之前就說好放完行李要集合討論今後的計畫。

下樓梯後，我環顧周遭，便看見騎士們已經到了。

不知為何奧斯卡先生也在。

往他們走近，奧斯卡先生一發現我們就揮了揮手。

「奧斯卡先生在休息嗎？」

「沒啦，我在等聖小姐你們啦。」

經我詢問，他回答說是在等我們。

他究竟有什麼事呢？

我偏頭不解，奧斯卡先生便說出一件勾起我興趣的事。

「載食品的船正好是今天入港哦。」

「真的嗎？」

「聽說你們是來找外國穀物的，而那艘船載的好像就是穀物哦。」

運氣未免太好了吧！

我在內心握拳叫好的時候，裘德就在問奧斯卡先生是什麼樣的穀物。

遺憾的是，奧斯卡先生也不曉得穀物形狀等詳細資訊。

不過，聽到他說那是外國的一種主食，我就更加期待了。

雖然今天才剛入港，但可能明天早市就會擺出來，我們立刻決定明天就去看看。

據說除了那個穀物之外，那艘船還載了五花八門的食品，讓我超級期待明天去早市。

就算明天沒擺出來，我們預計在這裡停留幾天，這段期間總是等得到的吧。

至於其他不會擺在市場上的商品，奧斯卡先生說他工作有空時會查一下有哪些。

他還說如果有我們需要的東西，他可以直接幫忙訂購，真的是個大好人。

到時候就拜託他了。

於是，談妥明天的計畫後，由於大家舟車勞頓都需要放鬆身心，便各自回房休息了。

◆

早晨的空氣似乎比較清新一點。

可是一到人多的地方，清新的空氣就立刻煙消雲散。

明明太陽才剛昇起不久，市場就已經是一片人聲鼎沸的景象。

騰騰熱氣撲面而來。

我知道這個世界的人都很早起，然而看到一大清早就集結這麼多人還是忍不住覺得開了眼界。

「真是人山人海耶。王都那邊人也很多，不過這邊好像不輸王都呢。」

「畢竟是本國首屈一指的貿易港嘛。而且昨天才剛有新船入港，吸引了比平常更多人來看那艘船的貨品吧。」

「這樣啊，說得也對。」

我們和這些人一樣，一大早就出動了。

儘管驚嘆，但沒辦法評論些什麼。

大家都是同類啦。

我心中這麼想著，在市場裡和裘德邊聊邊逛。

由於這裡有貿易港，市場陳列出來的商品大部分都是王都沒有的。

我對那些商品都很感興趣，腳步不知不覺就靠過去，而裘德連忙跟上來。

大概是我的行動太自由奔放了，他最後抓住了我的手。

「等一下，妳不要隨便亂走啊。」

「抱歉、抱歉。有太多想看的東西了，一時沒忍住。」

「克制一下啦，真是的。」

我向氣呼呼的裘德再道歉一次後，重新注意起陳列在市場裡的商品。

怕裘德又生氣，我會先跟他說一聲再去看感興趣的東西。

我們邊走邊互相分享兩邊世界的知識，出乎意料地好玩。

「生鮮食品和王都的差不多呢，大概就價錢有差吧？」

「對啊，這一帶的名產在這邊買應該比較便宜。」

「從外國進口的商品都是工藝品之類的吧。」

「光是看看也很有意思呢。」

「就是說啊。」

那些從外國進口的商品，單就紡織品來說也有這個國家看不到的花紋，看著就很享受。

雖然一不注意就被形形色色的商品引開目光，但最主要的目的還是食品。

現在不是顧著看其他東西的時候。

於是，我以食品為重心再次到處看了看，只是到目前還沒找到這次的目標。

不過倒是有看到茶葉、咖啡和砂糖等。

而且比王都便宜非常多，差一點就被勾了過去。

如果真的沒找到這次的目標，那就買那些東西回去好了。

「唔～沒有耶。」

「妳一直在找的東西嗎？」

「對。說起來，昨天入港的船貨有在這裡嗎？」

「不曉得耶？我沒注意。要不要問問看附近的店家？」

「也對。」

我們一路走到市場的盡頭，卻沒有看到任何像是國外進口的穀物。

有小麥和大麥就是了。

說不定是我看漏了，所以最好還是按裘德說的去問問附近的店家吧。

折返回去之際，背後傳來了爭執的聲音。

我停下腳步回頭，看到碼頭那邊有幾個男人圍成一圈。

「那是怎麼了？」

「在吵架嗎？」

和我一樣停住腳步的裘德也疑惑地看著那個圈圈。

在不遠處保護我們的騎士們察覺到異狀，也往這邊過來。

我定睛一看，發現中心有個高大的男人臉色冷厲地正在和周圍的人極力爭辯著什麼。

那一頭束在腦後的黑長髮帶有自然捲。

既然黑髮在這個國家很罕見，說不定是外國人。

我豎起耳朵，聽到了治療和魔導師等詞彙。

難道有人受傷了嗎？

「是不是有人受傷了？」

「有人受傷？」

「嗯，他們好像在說什麼跟治療有關的事。」

「昨天是有聽說碼頭發生了意外。」

「意外？」

「說是堆積的貨物倒塌了，有人被壓在下面。」

我的疑問一脫口而出，來到身邊的騎士就將他今早聽到的事告訴我。

餐廳早上好像都在議論這件事，他似乎是無意中得知的。

「聖妳聽得懂那個人在說什麼哦？」

「對。怎麼了嗎？」

「妳竟然聽得出來啊，其實呢……」

可能是那個黑髮男性太激動了，說話的時候夾雜不少母語，導致周圍的人聽得一頭霧水，不知如何是好。

這是騎士後來補充的。

出於被召喚過來時的特殊福利，這個世界的語言基本上我都聽得懂，所以我完全沒有察覺到。

有人受傷嗎……

從黑髮男的模樣來看，這件事應該一刻也不能耽誤吧。

我去幫他一把好了。

「啊，聖！」

裘德慌張地叫著我，但我沒管他，逕自往人群走去。

就算騎士想攔我，我也抬起一隻手制止他。

別擔心，我不會亂來的。

有人發現我走過來後，我詢問：「要不要幫你們翻譯？」而對方大概是覺得找到救星了，便燦笑著點點頭。

他用狐疑的眼神看著我，我便回以笑容讓他放心。

我抬頭望著高我一顆頭的男人，迎視那雙紅棕色的眼眸。

「妳是誰？」

『初次見面，我叫做聖。如果不介意的話，我來幫你翻譯吧？』

『妳會說我國語言啊！拜託妳了！』

我在腦中想著要用黑髮男人的母語來說話，一出聲便如同預期地說出他國家的語言。

真的很方便呢，這個特殊福利。

於是，我將黑髮男人要說的事情轉述給周遭人們，但他們依然不改為難的神情。

見到大家紛紛搖頭，黑髮男人愕然失色，求助似的看向我。

周遭人們的反應和我猜測的一樣。

因為這個男人正在找魔導師。

昨天碼頭確實發生了意外。

當時受傷的是這個男人的部下。

有幾個人都受傷了，但其中一人傷得特別重，即使服用藥水也不見情況好轉。

所以，他才會出來尋找能夠治療的人，或是會施展恢復魔法的魔導師。

然而，儘管摩根哈芬有藥師，卻沒有魔導師。

考慮到這個國家的魔導師情況，這也是理所當然的。

有能力施展恢復魔法治療重傷的人才都在王宮工作，只有討伐魔物時才會離開王宮。

黑髮男人向我尋求說明，我告訴他這個城鎮沒有魔導師，他聽完就攏起眉間垂下了頭。

雖然周遭人們也面露不忍的神色，一知道自己什麼忙都幫不上，圍起來的眾人便慢慢離開了。

唔……

的確，摩根哈芬並沒有會施展恢復魔法的專職魔導師。

不過……

我瞥了眼裘德，看到他連連搖頭，力道猛得像是能聽到「咻咻咻」的破空聲。

騎士們也愁眉苦臉地微微擺著手表示反對。

這也難怪了。

我應該能夠治好那個傷患。

可是，一旦治好那麼嚴重的傷，鐵定會被傳得滿天飛。

就是知道這一點，裘德和騎士們才會用動作示意我別多事。

我當然也很清楚，但因為已經插手了，我實在無法斷然放下。

明知道自己可以治好那個傷患卻置身事外地離去，會讓我的良心非常不安。

我想為他們做些什麼。

煩惱半晌，我深深呼出一口氣，猛然抬起頭。

『那個，冒昧請問一下……』

『什麼事？』

『你讓傷患服用的是中級ＨＰ藥水嗎？』

『沒錯。我去找人要這個城鎮最好的藥水時，就拿到了這個。』

『這樣啊。』

使用的是中級ＨＰ藥水，運氣倒還不錯。

運氣不錯的是我還是他呢？

無庸置疑是他吧。

這個人平常絕對做了很多善事。

既然他說使用的是中級ＨＰ藥水，那我就可以拿給他了。

我將手伸進揹在肩上的外出包裡摸索一陣，拿出一瓶藥水。

遞給男人後，他滿臉疑問地看著藥水。

『這是？』

『ＨＰ藥水。我以防萬一才帶在身上的，不介意的話請收下吧。希望或多或少能幫到你的部下。』

『……謝謝。』

他可能覺得這瓶藥水只能起到安慰的作用吧。

儘管如此，他還是帶著快哭的笑臉向我道謝；而我對他揮揮手後，回去找正在等我的袞德他們。

「聖……」

看到袞德一臉有話要說的模樣，我聳了聳肩，催促他一起往回走。

離開碼頭，拉遠距離直到黑髮男人聽不見我們說話後，我才開口說：

「我不會用魔法的。只不過還是想盡點力……如果那東西不能幫助傷患度過難關，那也沒辦法了。」

「那瓶藥水不是……」

袞德說到一半便噤口，我朝他露出苦笑。

我剛才給那個男人的是一直放在包包裡以備萬一的珍藏品。

那是**我親手做的**上級ＨＰ藥水。

喝了那東西還不能讓傷況好轉，那就真的只能靠恢復魔法來治療了。

就算大家發現那東西療效很強，我就推說因為那是上級藥水。

如果有人指出比一般上級藥水的療效還強這件事，我也可以說那是家人給的東西所以不清楚，裝死到底。

我不能用魔法，算是我的一點自我滿足吧。

這點小幫忙就不要追究了。

◆

經過碼頭的騷動之後，我去跟附近店家打聽消息，但從外國進口的穀物都是麥子和豆子，沒有找到稻米。

不過，我聽說發生意外的那艘船的貨物還沒進入市場，便決定改天再來一趟。

乖乖地回到旅館後，時間來到了隔天早上。

我、裘德及奧斯卡先生一起在餐廳吃早餐，入口那邊突然一陣喧鬧聲。

我轉頭看發生什麼事，便發現昨天那個黑髮男人滿面喜色地朝這邊走過來。環視周遭，大家都驚愕不已，沒有人看起來像是和他認識。

就在我四處打量的時候，男人已經走到我這桌來。

『妳果然在這間旅館啊！』

『呃……』

『不好意思，請問你找大小姐有何要事？』

我才剛開口，同桌的奧斯卡先生便站起來，一閃身就介入男人和我之間。

頃刻間就能改口稱呼我的假身分，看來他果真是優秀的人才。

他應該是在戒備這個突然走過來的男人吧。

儘管面帶笑意，奧斯卡先生散發出的氛圍卻有些緊張。

男人對奧斯卡先生的態度有一瞬感到錯愕，隨即端正站姿，報上了來歷與名字。

他是來自迦德拉這個國家的船長，名叫青瀾。

昨天給他的藥水派上了用場，他說他的部下很快就恢復到可以上工的程度了。

由於受傷的部位是腳，本來已經做好截肢的心理準備，多虧有藥水才不至於要截肢。

後來，他從藥水的強大療效察覺到這是高價品，所以從昨天開始就在到處尋找我想表達感謝。

還好有趕在截肢前把藥水給他。

要是截肢後才交給他，藥水可就沒辦法治癒了。

『請容我再次向妳道謝，真的很謝謝妳。』

『能幫上忙真是太好了。』

見青瀾先生道謝，我回以一笑。

本來想說這樣就結束了，結果還有後續。

那就是他懇求我讓他支付藥水的費用。

『那藥水太厲害了，我不能白白收下。』

『這個……』

我還以為他會提起療效的事情，沒想到是要支付費用。

雖然那是珍藏品，但原本是研究所多餘的庫存。

我只是以防萬一才把沒機會用到的藥水塞進包包裡，實在不太好意思收錢。

更何況這藥水因為功效而沒有上市，我不知道該怎麼出價。

還是跟他收相當於上級ＨＰ藥水的市價就好了？

不過，總覺得這麼做會留下什麼後患。

當我不知如何是好時，奧斯卡先生就為我解圍了。

『昨天給你的藥水是我家主人特別為大小姐準備的……』

『原來是這樣嗎？』

『是的。所以你要付錢的話，我們也不得不提出相當高額的價錢。』

『是嗎……如果我手頭的錢不夠，希望可以等我賣掉船貨後再付給你們。』

『這樣倒是無妨，但以我們的立場而言，大小姐是出於一片好意才這麼做，事後又收錢會於心不安。』

我緊張地聽著他們的對話，不過奧斯卡先生找到了彼此都能接受的妥協方式。

他請對方讓我們看看船貨，若有想要的東西就以比較便宜的價格賣給我們。

青瀾先生一口便答應了，於是我們等一下就要去他的船那邊看貨。

我一直在等青瀾先生的船貨送至市場，所以非常感謝奧斯卡先生這樣提議。

來到碼頭後，我以為要上船，卻被帶去了倉庫。

雖然之前發生意外，不過船貨都已經搬進倉庫的樣子。

倉庫裡光線昏暗，好像還施加過魔法，氣溫比外面低，感覺冷颼颼的。

我因為寒意而搓著兩隻手臂跟在船長後面。

這艘船載來的是在這個國家有市場需求的商品，果然以麥類為主。

『請問，這裡有沒有青瀾先生國家的特產品呢？』

『特產品啊……這個嘛，因為沒什麼市場需求，數量很少……』

青瀾先生明明是船長卻親自帶我們看貨，而我詢問他有沒有珍稀的商品後，他就帶我去一個角落。

他讓我看的是迦德拉常用的辛香料。

有辣椒、花椒和外觀很有特色的八角。

看到日本也有的辛香料，我精神為之一振。

畢竟這些全都是中華料理所使用的辛香料啊！

既然有這些辛香料，這不就代表有稻米的可能性很高嗎？我不禁期待了起來。

而我的期待並沒有落空。

我問青瀾先生有沒有辛香料以外的東西，他便帶我去另一個角落，於是我終於找到了。

『是米————！』

我激動萬分地大叫，把同行的裘德和奧斯卡先生嚇了一跳，連青瀾先生也受到驚嚇。

但是，我當下滿腦子都被眼前的稻米給占據，沒注意到周遭的情況。

『小姐，妳知道米嗎？』

『是的！』

青瀾先生戰戰兢兢地詢問，而我回答的時候似乎氣勢太過猛烈，導致他的身體微微向後一仰。

不過，他立刻重振精神告訴我關於稻米的事。

稻米是迦德拉部分地區的主食。

當他提到我竟然知道這種幾乎不會進口到斯蘭塔尼亞王國的東西時，我內心抖了一下，沒讓他發現。

我當即推託說以前看過圖鑑覺得很特別就記住了，暫且混過了這一關。

由於稻米不符合市場需求，因此只堆著少少幾袋；但我決定不跟他客氣，能買多少就買多少。

畢竟下次進貨是何時也不知道。

不過，青瀾先生看我這麼會買，便告訴我下次會帶更多貨來，而奧斯卡先生一聽到就馬上開始商議相關內容。

「真厲害耶……」

「就是說啊……」

我看著奧斯卡先生，和裘德一起喃喃說道。

不只是稻米，連辛香料的買賣都包含在內，接二連三便談妥生意，讓我只能目瞪口呆地看著。

而且奧斯卡先生還利用這次送藥水一事相當強硬地砍價，真的是個狠角色。

『那個……』

『是？』

忽然有人跟我搭話，我回頭後，便看到一個少年端著托盤站在那裡。

他的髮色和青瀾先生一樣，應該是出身同一國的人吧。

年紀看起來和莉姿他們差不多，是船員嗎？

托盤上放著幾個熱氣蒸騰的馬克杯，算算在場的人都有。

我疑惑地將視線從馬克杯移到少年臉上，他則靦腆地請我喝馬克杯裡的熱飲。

『倉庫裡很冷，不介意的話，請喝個湯來暖暖身子吧。』

『謝謝！』

我拿起馬克杯用雙手捧著，感覺到暖流慢慢湧入體內。

這股暖意讓我揚起嘴角，這時少年便說明了自己的身分。

他果然是青瀾先生的船員，而且正是因為我送的藥水而倖免於難的那個傷患。

這麼年輕的孩子沒有落到截斷腳的下場真是太好了。

他不斷向我道謝，要阻止他一直鞠躬也是件費力的事。

在禮尚往來了一陣子後，馬克杯傳來的熱度讓我的掌心溫暖了許多。

原本燙口的熱湯差不多可以喝了吧。
於是，我準備就口喝湯之際，竄過鼻尖的香味讓我停下了動作。
這股香味……
倉庫內一片昏暗。
雖然我看不清楚熱湯的模樣，但我認得這香味。
內心因期待而雀躍起來，我輕輕啜了一口，嘗到懷念的滋味。
鼻腔內側隱隱發麻，嘴角不自主震顫。
我忍住差點奪眶而出的淚水，又再喝了一口。
『這是我，不對，這是在下家鄉的熱湯，請問合您的胃口嗎？』
『是的，非常好喝。』
「裘德你覺得呢？合你胃口嗎？」
「嗯，風味是滿特別的，不過很好喝哦。」
『他也說很好喝。』
『這樣呀！』
這湯似乎也很合裘德的胃口。
得知我們兩人都覺得很好喝，少年開心地露出滿面笑容。

「這味道好新奇，是用了什麼啊？」

我將裘德的問題轉述給少年聽後，少年羞赧地答道：

『用的是在下家鄉那邊稱為味噌的調味料。』

味噌湯。

我真的好久沒喝到了。

沒想到會讓我感受到直擊淚腺的鄉愁。

少年說這是簡單速成的熱湯，其實家鄉的更好喝，而裘德帶著驚奇的表情應和著。

他說得沒錯。相較於我在日本喝到的味噌湯，單純用味噌泡熱水而成的熱湯是有些美中不足。

不過，這杯久違的味噌湯真的很美味。

幕後

國王的辦公室響起敲門聲。

室內的宰相回應後，一名青年開門走了進來。

「特務師團麾下奧斯卡・敦克爾前來晉見。」

「辛苦了，坐吧。」

走進辦公室的，是在聖的商會擔任會長助理的奧斯卡。

雖然他在藥用植物研究所與聖見面時是做商人打扮，現在則是穿著騎士服。單從姿態就不同於研究所那時候，散發出的氣質也儼然就是騎士。

他按照宰相說的，來到國王辦公桌前面。

「會面圓滿結束了嗎？」

「是的，一切很順利。『聖女』大人欣然答應成立商會一事。」

「這樣啊，那真是太好了。」

聽到奧斯卡的回報，宰相滿意地點點頭。

這次新設立的商會，乍看下像是由藥用植物研究所的約翰所長主導成立。

然而，實際上主導者是國王與宰相。

奧斯卡及其他商會成員全都是王宮的人。

「弗朗茲也加入商會了啊？」

「由他出任會長。」

「有弗朗茲在就可以放心了吧。」

從宰相口中聽到商會會長弗朗茲的名字時，國王如釋重負似的垂下肩膀。

弗朗茲對王室的赤誠忠心足以讓站在國家頂點的兩人寄予信賴，實力也深獲肯定。

而且他和奧斯卡一樣出身特務師團。

只不過奧斯卡是現役特務師團員，弗朗茲則已經引退。

弗朗茲的經歷較為特殊，原本是國王專屬的諜報員，但優秀的表現讓他最終加入了特務師團。

「除了弗朗茲之外，還有其他人回來嗎？」

「有的。弗朗茲大人號召了幾位人士進入商會。」

對於國王的問題，奧斯卡如此答道。

不僅是弗朗茲，還有幾名特務師團出身者及過去相關工作者為了加入商會而重返職場。

特務師團已經確認過，每個人對王室都忠心耿耿且能力足以執行商會實務。
像這樣設立一個全都是弗朗茲與奧斯卡等王宮相關人員的商會，是有其原因的。
那就是約翰曾經回報，有些人打算攏絡與聖有關係的商會。
聖研發的美容用品非常受到貴族婦女的青睞。
在商會也是大熱銷，連國王等人都知道這件事。
他們也知道供應那些美容用品的商會與約翰家——瓦爾德克家族有密切來往。
不過，國王等人並未因此對瓦爾德克家族有所置喙。
因為瓦爾德克家族沒有試圖利用「聖女」的野心，而且也有將適當比例的利潤分給聖。
然而，約翰在回報中提及的那些貴族就不同了。
每一家都是野心昭然若揭的家族。
雖然目前是由瓦爾德克家族來應對，恐怕再過不久就會變得更難以應付。
國王等人料想至此，決定先解決商會被針對的問題。
實際上，王宮那邊在準備的期間，瓦爾德克家族與其他家族的協商就陷入了膠著，可以說國王等人的猜測正中紅心。
為了將各家貴族的注意力從與瓦爾德克家族交好的商會上引開，國王等人決定成立新的商會。

當然，聖會是新商會的所有人，以免各家貴族心生不滿。

構思商品的本人成為所有人是極其自然的事。

再者，「聖女」與國王地位相當，想必沒有貴族敢公然對她的商會下手。

而依聖的個性，爵位和領地等榮華富貴都不會是她想要的。

就一般而言，她應該會堅決推拒成為商會的所有人。

但是，只要告訴她成為商會所有人後，其他貴族就難以下手的話，她即使不太情願也一定會答應。

王宮這邊的想法很正確，聖答應成為所有人。

一確定成立商會，接著要研議的就是商會的工作人員。

這部分也很快就擬定了方針。

考慮到許多貴族曾意圖接觸原本的商會，新商會的工作人員全都是王宮的人。

聖帶來的知識對王國內的經濟造成了龐大影響，尤以美容用品為最。

要是隨便讓其他貴族得到那些知識，不曉得會出什麼事。

或者應該說，最好不要有出事的機會。

因此才會由王宮安排人手進入商會，統一管理那些知識。

商會的工作人員裡面也安插了聖的護衛。

儘管看起來像是順便安排的，但其實這才是本來的目的。

聖平常進出的地方一定會安插護衛。

藥用植物研究所是如此，餐廳亦同。

以往是約翰負責接洽商會，今後的運作則會以聖為中心。

所以商會也需要護衛混入其中。

「明白了。今後有勞你繼續擔任『聖女』大人的護衛，盯緊那些行為可疑的人。」

「遵命。」

奧斯卡允諾完便行一禮，離開了辦公室。

當門扉關上，看不見奧斯卡的背影之後，國王才深深嘆出一口氣。

在聖答應設立商會後，王宮那邊便迅速地展開行動。

作為據點的新店鋪也已經決定好，弗朗茲和奧斯卡都忙著四處奔波準備開店。

「弗朗茲先生，這是你要的文件。」

「謝謝。」

奧斯卡來到店鋪二樓的會長室，把從王宮文官那邊取得的文件交給弗朗茲。

這些來自王宮的文件是設立商會所必備的各種許可證。

弗朗茲接過文件後，瀏覽了一遍內容。

而奧斯卡則沒管那些文件，逕自在迎賓沙發坐了下來。

「客人的反應怎麼樣？」

「目前幾乎都還在觀望中。」

「這樣啊。」

奧斯卡口中的「客人」是指過去一直在干涉前商會的貴族們。

不知從哪兒聽到風聲的人已經在探聽商會的情況。

雖說商會尚未成立，但以後要經售的是現正流行的美容用品，因此引來許多人的注意。

縱使沒有積極宣傳所有人是「聖女」一事，只要稍微探探消息就會知道。

多虧如此，許多來接觸的人到這一步就收手了。

然而，還是有一些人例外。

那些人看準成立商會時忙亂不堪，意圖盜取機密情報。

不用說，弗朗茲阻止了那些人的陰謀，還反過來追查他們是在誰的底下做事。

「噢，差點忘了。你可以幫我送這些文件嗎？」

弗朗茲瀏覽完王宮的文件後，像是猛然想起似的從辦公桌的附鎖抽屜拿出一疊文件。

奧斯卡接過他遞來的文件，從上面粗略地看過兩三張後，表情帶有傻眼意味地笑了。

「不愧是弗朗茲先生，真是有效率呢。」

「過獎了。」

奧斯卡瀏覽過的文件上，條列式記載著那些沒收手的貴族做了什麼非法勾當。連藏匿犯法證據的地方都一併記載在上面，簡直鉅細靡遺。

雖說已經引退，弗朗茲等人依舊寶刀未老，奧斯卡不禁發出讚嘆聲。

這樣就可以解決掉那些沒收手的貴族了吧。

為此必須先掌握住證據才行。奧斯卡一邊在心中這麼盤算，一邊將文件捲成圓筒狀。

第三幕　外國料理

儘管遇到意料之外的事，我還是順利找到了稻米。

由於來到摩根哈芬沒多久就找到了，所以距離回王都還有幾天。

這段期間可以找找其他稀奇的商品，只是我打消了念頭。

因為我已經在青瀾先生的船貨裡發現了形形色色的東西。

我找到許多辛香料，原本以為要花不少時間尋找，還有點半放棄了呢。

雖然青瀾先生說這是為了感謝我送他藥水，但我才想五體投地向他道謝。

那麼，剩下的旅程要怎麼度過呢？

腦中冒出這個疑問時，我想到的是用獲得的辛香料來下廚。

從青瀾先生他們帶來的辛香料來看，迦德拉的料理可能類似於原本世界的中華料理。

這次的事情讓我備齊了可以做出簡單中華料理的辛香料。

既然材料齊全，接下來當然就想來試試看味道。

好，那就來做吧。

不過，裘德阻止了我。

其實就算沒有裘德阻止我，我也沒辦法下廚就是了。

說到底，來外地旅遊要怎麼借廚房啊？

所以，我本來想說這個樂趣只能留待日後再享受……

『小姐，妳對迦德拉的料理有興趣嗎？』

『有！』

去完倉庫後過了兩天，青瀾先生來到旅館問我對料理有沒有興趣。

當然有。

怎麼可能沒有。

我秒答後，青瀾先生就邀請我去他們住宿的旅館用餐。

原來他船上的廚師要在那間旅館的餐廳招待我家鄉料理。

而且他說這也是藥水回禮的一部分。

雖然我總覺得收到太多好處了，但實在抵抗不了慾望。

我偷覷了一眼裘德和護衛騎士們的臉色，發現他們都彷彿拿我沒辦法似的泛著苦笑。

看來是同意我去了。

我笑容滿面地答應去那間旅館後，連青瀾先生都露出了苦笑，並將旅館地點告訴我。

他之所以苦笑，是因為我的心情都寫在臉上了嗎？

呃，對不起。

一想到說不定有機會嘗到久違的中華料理，我就忍不住……

「咦？大小姐，怎麼了？」

當我和青瀾先生在旅館的入口大廳談話時，從外面回來的奧斯卡先生就出現了。

我將用餐邀約的事情告訴奧斯卡先生，而他似乎也對外國料理感興趣，便詢問能不能一起去。

青瀾先生很爽快地答應了。

結果說著說著就揪了一大群人，讓我有點不好意思。

嗯，我、袠德、奧斯卡先生，還有騎士們都會去。

毫無疑問是大陣仗。

袠德和騎士們明明剛才都在苦笑，卻好像也對外國料理很感興趣的樣子。

既然參加者都確定了，接下來就要思考餐會要辦在哪一天。

參加的人這麼多，青瀾先生他們想必也需要時間準備吧。

考慮到預計停留的天數，辦在兩三天後應該比較實際。

儘管我這麼想，但青瀾先生表示今晚就可以了。

青瀾先生他們也是成員眾多，已經預先準備了較多的食材，所以沒問題。
那麼事不宜遲，今晚就去叨擾人家吧。
『小姐，歡迎你們來。』
『謝謝你的邀請。』
餐會是在晚上，雖然現在太陽西斜，天色還亮著。
我們稍微提早一點來到了青瀾先生他們住宿的旅館。
比餐會時間還要早拜訪一事已經得到了青瀾先生的同意。
我提早來是要觀摩烹飪料理的過程。
在談論餐會有哪些菜餚時，青瀾先生就主動問我要不要來看看廚師是怎麼烹飪料理的。
而這僅僅是因為我講到一半就無意間洩漏了想看烹飪過程的心聲，讓我覺得有點抱歉。
我擔心地詢問要不要先取得廚師的同意，但青瀾先生說沒關係。
真的可以嗎？
來到旅館後，我就這樣抱著不安的心情前往廚房。
『欸，借個時間說話。』
『船長，什麼事？』
『不好意思，你讓她看看烹飪的過程吧。』

『給這位小姐看嗎？』

『沒錯。』

青瀾先生朝廚房裡喊了一句，站在廚房正中央指揮其他人的男性便往門口走來。

聽到青瀾先生的要求，男性滿臉疑惑地看著我。

我在他的視線下鞠了一躬，他便轉而看向青瀾先生尋求說明。

青瀾先生介紹我是今晚的客人後，他像是意會過來似的張大眼睛，接著展顏一笑。

『小姐就是送藥水的姑娘啊？』

『啊，是的。』

『小姐要看的話當然歡迎。難道說，妳對烹飪有興趣嗎？』

『對，我想親眼見識一次異國料理的烹飪過程。』

『這樣啊，那妳就來這裡看吧。』

廚師剛才還板著嚴肅的表情指揮別人，現在卻態度大變，笑容可掬地接待我。

我在他的帶領下踏進廚房，然後站定在一個不會打擾到其他人，同時又可以環視周遭的地方。

沒錯，就是廚師指揮別人的地方。

由於人太多會造成妨礙，所以進廚房的只有我和裘德而已。

廚房的構造在斯蘭塔尼亞王國很普遍。

鍋子和菜刀之類的看起來也和一般常見的器具沒什麼不同。

然而，還是有一些罕見的調理器具。

在爐灶上一字排開的，是我在原本的世界習以為常的蒸籠。

裘德跟我一樣驚訝。

從他的角度來看，應該全都是看都沒看過的器具吧。

他指著蒸籠問我那是什麼。

這裡的調理方法沒有蒸的概念，實在不太好說明。

當我正在用斯蘭塔尼亞王國的語言說明那是用蒸氣烹調食材之際，廚師進一步補充更多蒸煮料理的知識。

看來是從我們的模樣推測出談話內容了。

不過，當然是用青瀾先生他們國家的語言來說明。

而我再翻譯給裘德聽。

『請問那是在蒸什麼呢？』

『是包子哦。』

『包子！』

『對。在這個國家是叫做麵包吧？包子是在麵包的麵團裡包餡料的料理。』

我當然知道包子是什麼。

就是指肉包和豆沙包等。

我沒想到這裡會有包子。

一時驚訝而反問回去後，廚師似乎以為那是提問，便說明了那是什麼樣的料理。

『裡面會包絞肉、炒蔬菜，或是搗碎的煮豆子。』

『有很多種餡料呢。』

『對啊。不同的餡料讓包子能當正餐也能當點心，是很棒的料理哦。』

『今天的包子包了什麼呢？』

『今天配合其他料理，包的是炒蔬菜哦。』

今天的包子是菜包的樣子。

我在日本的中華餐廳吃過，內餡是用芝麻油炒的，很好吃。

剛才提到要配合其他料理，代表有味道濃厚的料理嗎？

畢竟菜包比肉包清淡一點。

在這之後，廚師繼續講解調理器具、料理和使用食材等，我再一一翻譯給裘德聽。

其中還有我沒聽過的蔬菜，他的講解非常有趣。

全部聽完就到了用餐時間，於是我們連忙離開廚房往餐廳去。

離開廚房時，我鄭重地向講解內容的廚師及其他讓我們觀摩的人們道謝。

真的很不好意思在他們忙碌的時候打擾，但我也得知了本來印象模糊的料理做法，度過一段非常有意義的時間。

◆

餐廳有好幾張圓桌，每張分別坐著幾個人。

他們要我去坐最裡面的桌子，我便和袠德及奧斯卡先生一起入座了。

負責護衛的騎士們則坐在其他座位。

有些座位還坐著不認識的人。

詢問之下，才知道是職位比較高的船員。

比想像中還要多人呢。

過沒多久，飲品上桌了。

看起來是葡萄酒。

好像沒有準備異國酒的樣子。

我好奇地看向隔壁桌，騎士們那邊上桌的是淡啤酒。

飲品逐一上桌後，青瀾先生就簡單介紹了我的身分。

因為藥水那件事，船員們紛紛對我投以善意的目光，讓我有點害羞。

呃，總之……總之快點帶過這個話題吧。

我內心發窘地催促青瀾先生，他便帶頭發起乾杯，而大家也跟著舉起杯子。

乾杯完，各式各樣的料理按順序端上桌，看過的、沒看過的都有。

見到這些新奇的料理，裘德和騎士們都歡呼起來。

使用的調味料、辛香料和調理方法的種類都很豐富。

迦德拉的飲食文化相當先進呢。

由於今天我們被招待來用餐，廚師們似乎準備了比平常更豐盛的料理。

船員們的座位也傳出「太厲害了吧！」之類的讚嘆聲。

用大盤子盛裝的料理送上桌後，站在桌邊的侍者便幫忙分菜。

我吃下一口，辛香料的獨特香味在口中擴散開來。

這應該是八角的香味吧。

八角的喜好還滿兩極的，不出所料，騎士們之間也分成喜歡和不喜歡兩派。

『味道怎麼樣？』

『我覺得非常好吃。』

順便一提，我是滿喜歡的。

當我在咀嚼這道別具特色的料理時，同桌的青瀾先生便朝我這麼問道。

聽到我的回答後，他狀似鬆了口氣，看來他也知道八角味的喜好很兩極。

『這味道我們都吃得很習慣，但在這個國家並不是每個人都能接受，所以我擔心可能不合妳胃口。』

『好像是這樣呢。』

我看向吵鬧的騎士們那邊，然後和青瀾先生對上視線，彼此都泛起苦笑。

奧斯卡先生也因為獨特的風味而表情微微一變。

裘德倒是沒問題的樣子。

不愧是藥用植物研究所的研究員。

我們家的研究員們全都可以面不改色地生吃藥草呢。

裘德能接受八角味也不奇怪。

『這個國家喜歡的是充分發揮食材原味的料理吧？』

『對呀。』

『最近也有使用藥草調味的料理哦。』

對於青瀾先生的問題，我點點頭後，奧斯卡先生就從旁插嘴道。

所謂的用藥草調味，指的是研究所的料理吧？

奧斯卡先生這陣子經常來研究所討論商會的事情。

當時他曾在餐廳用餐，好像就此成為了俘虜。

畢竟他吃過一次餐廳的餐點後，每次開會都是指定將近中午的時段。

『用藥草？』

『是的。清爽的風味很容易讓人吃上癮。』

『哦？那對身體很好嗎？』

『這我倒沒聽說過呢。』

實際上是有功效的。

只是真要說的話，主要是味道才傳開口碑，功效方面不太為人所知。

所以奧斯卡先生才會不知道吧。

『青瀾先生的國家有對身體很好的料理嗎？』

『與其說對身體很好的料理，應該說有一種觀點認為料理與健康息息相關。』

聽到青瀾先生這麼說，我便聯想到「醫食同源」這句話。

抱著姑且一試的心態詢問後，他的回答跟我預期的一樣。

我忍不住身體前傾追問那是什麼樣的觀點，他則說那是以前聽過的事情。

不過，那個觀點是達官貴人之間在流傳的，青瀾先生本身不清楚詳細內容。

談完料理的事情後，接著將話題轉向藥草。

一說到藥草，裘德也積極地透過我加入談話之中。

雖然青瀾先生對這方面並不在行，還是盡他所能告訴我迦德拉的藥草知識。

途中談及太過專業的內容時，他還把其他桌的船員叫了過來。

那個人是船醫，比青瀾先生更懂藥草。

聽對方說，他們那邊不只是藥草可當藥，樹皮也能煎煮後飲用。

是漢方藥嗎？

我饒有興趣地聽著，而對方也針對斯蘭塔尼亞王國的藥草問了些問題，我便在自己知道的範圍內回答他。

裘德也會幫忙一起回答，還被稱讚懂得相當多。

說明裘德從事和藥水有關的工作後，對方明白是明白了，然而……

『既然是和藥水有關的工作，那小姐給我們的藥水是他做的嗎？』

『不是……那真的是父親幫我準備的東西，我不知道來源是哪裡。』

好險，差點就露出馬腳了。

我一邊暗暗捏把冷汗，一邊回答青瀾先生的疑問。

裘德似乎也察覺到情況不妙，笑容微妙地僵住了。

幸好青瀾先生沒怎麼深究就作罷了。

『青瀾先生很在意那瓶藥水嗎？』

『這是當然的。』

『這樣啊。我看貴國的藥草學發展得相當好，想必有類似的東西吧？』

『我也不確定。效力那麼強的東西，倘若身分不夠高，大概連存不存在都無從知曉。』

我以為順利帶過話題而默默鬆了口氣，沒想到這次換奧斯卡先生向青瀾先生這麼問道。

聽著他們兩人的對話，我在內心抱頭苦惱不已。

雖然以結果而言我不後悔送出藥水，一種惹出麻煩的感覺還是在心頭揮之不去。

不，確實是惹出麻煩了吧。

真希望藥水的話題可以就此打住，免得我又不小心說溜嘴。

我的祈求似乎實現了，他們話鋒一轉，聊起了船上生活。

以前就曾聽說過一些，果然生活上有很多不便。

『……因為這樣，船上的飲食是很可怕的。』

『真是太辛苦了。』

船上的飲食悲慘到令人不禁鼻酸。

聽著聽著，我自然而然就露出了憂愁的表情。

看來即使飲食文化先進，在長途航海中耐放的保久食品還是不二選擇。

船上幾乎都是能夠長期貯存的食品，例如乾貨和醃漬品等。

新鮮蔬菜和水果很容易腐壞，縱使帶上船也會提前吃光。

青瀾先生打聽了一下這個國家有哪些好吃的保久食品，但是裘德和奧斯卡先生都答不上來的樣子。

裘德就算了，連看起來見多識廣的奧斯卡先生都不曉得的話，那大概只有剛才提到的那些保久食品了吧。

保久食品啊。

我想起原本世界在長途旅行之際會帶上船的保久食品。

那會比剛才聽到的保久食品好吃嗎？

畢竟關於那些東西的味道有很多種說法。

當我在思考這種事時，青瀾先生從我的表情察覺到什麼，便朝我拋出話題。

『小姐，妳想到什麼了嗎？』

『嗯，雖然我不能保證好吃……』

我沒有親手做過，所以不知道會做成什麼味道。
不過告訴青瀾先生之後，他似乎很感興趣，希望我可以嘗試一次看看。
做法很簡單，我姑且還記得。
剩下就看能不能弄到材料了。
總而言之，明天去市場逛逛，如果有材料就做看看吧。
於是，我以找得到材料為前提，答應了青瀾先生的要求。

◆

餐會隔天。
我一大早就和裘德一起去市場。
早市會販賣附近栽種的蔬菜。
陳列在店家門前的蔬菜新鮮翠綠，在朝陽的映照下閃閃發光。
昨天以能夠備齊材料為前提接下了青瀾先生的委託，究竟能不能在市場找到呢？
市場只會擺出當天採到的蔬菜，不一定會有我要的。
我抱著有些不安的心情看了幾家店，然後找到了我要的包心菜。

太好了，今天有包心菜。

當我拿起這個平民也常用的蔬菜後，裘德一臉好奇地問道：

『妳要把包心菜做成保久食品嗎？』

『對呀。』

今天要做的是德式酸菜。

包心菜在斯蘭塔尼亞王國通常都是用來煮湯，所以裘德好像不認為可以做成保久食品。

我將傾著腦袋的裘德晾在一邊，向店家搭了話。

做成保久食品會讓體積變小，我便多買一些包心菜。

接著又買了鹽、月桂葉，還有小木桶。

我請這些店家將我買的東西送到青瀾先生住宿的旅館。

這是因為我要在那邊製作保久食品，才會請店家幫忙送貨。

買好東西後，我們就直接前往青瀾先生的旅館。

現在應該正好吃完早餐，時間點很好。

一抵達旅館，就看到青瀾先生在入口等我們。

『早安。』

『早。材料都買到了嗎？』

『買到了。』

『太好了，那我們去廚房吧。』

簡單向青瀾先生打聲招呼後便前往廚房，而那裡除了早市買的東西之外，還備有幾種辛香料。

這些辛香料是青瀾先生他們的船貨，我昨天就事先告訴他們製作保久食品要用到哪些辛香料。

嗯，我拜託的東西一應俱全。

確認過材料後，我轉身將做法告訴廚師們。

我只負責教，實際動手做的是他們。

『將所有包心菜切成細絲就可以了嗎？』

『是的，麻煩你們了。』

雖然包心菜的數量還滿可觀的，但分工下去很快就完成了。

不愧是專業的。

切的速度也很快。

在切包心菜的時候，保存容器的準備也一併進行。

將木桶放在水槽裡，再倒入煮沸的熱水。

就這樣靜置一段時間。

如果是玻璃罐的話，只要放進鍋子裡煮沸就能消毒；不過木桶太大放不進鍋子，便用這個方法來消毒了。

「這是在消毒嗎？」

「對。消毒後放在裡面的食品比較不容易腐壞。」

「原來是這樣啊。」

研究所的人們都已經學過消毒的概念。

講師是我。

畢竟原本世界的自然科學更加進步。

一提到什麼新知識，研究所的人們往往會打破砂鍋問到底，結果就變成我給大家上課的情況了。

言歸正傳。

多虧這樣，裘德也大致能夠理解容器最好要消毒這件事。

過了一陣子將木桶的熱水倒掉時，廚師們也像之前的研究員們一樣發問。

我不能提到消毒的概念，只說這麼做比較不會腐壞，而他們聽了感到很佩服。

聽他們說，迦德拉雖然沒有包心菜，但有類似的保久食品，因此下次做那道料理的時候

也會嘗試我這個做法。

請務必有效運用。

弄完這些後，包心菜也都切成細絲了，於是移往下一道工程。

在包心菜絲上撒鹽，揉到水分出來為止，接著和事先準備好的辛香料一起攪拌均勻。

最後把包心菜絲連同滲出來的水一起裝進木桶，整個製程就結束了。

『請塞緊一點，不要留空隙。』

『這樣嗎？』

『對，就是這樣。』

包心菜絲要嚴密地塞在木桶裡。

據說這樣可以防止產生無益於發酵的細菌。

我以前看過的食譜是這麼寫的。

『這樣就結束了嗎？』

『是的。之後只要放在陰涼避光處靜置就完成了。』

將預留的包心菜最外層葉子放在上面，再放上重石後，青瀾先生就這麼問我。

我聽過一種說法是要發酵四到六週，但這是第一次製作，我不知道該不該放這麼久。

我告訴他，由於我不確定放多久才能吃，請他們視情況打開來試味道。

對了，還不能保證一定好吃。

初次嘗試下我不能說得很肯定，而且原本的世界對於好不好吃也眾說紛紜。

將這些事情都告訴青瀾先生後，他泛著苦笑說明白了。

『做起來比想像中還要簡單呢。』

『對呀。很抱歉，我只想得出這一道菜。』

『不，就這麼一道也讓船上的伙食更豐富了，非常謝謝妳。』

撇除青瀾先生那個國家的料理，要說有什麼保久食品的話，我只想得到德式酸菜。

雖然後來也有想到醋漬菜和味噌漬菜等，不過感覺他們本來就有那些做法，我就沒有提出來了。

畢竟是飲食文化那麼發達的國家，不可能沒有那些做法。

『話說回來，用蔬菜啊……這真是一個盲點呢。』

『盲點嗎？』

製程告一段落後，青瀾先生要我休息一下，我便按他說的去享用他們泡的茶了。

當我心情放鬆地坐在餐廳的椅子上後，青瀾先生就默默地說了這麼一句話。

『對。要把蔬菜帶上船的話，我只會想到生菜而已，沒想過要帶鹽漬過的東西。』

『我聽廚師說，你們那裡也有其他鹽漬菜呢。』

『沒錯。看到小姐妳的料理後，我才想到可以帶那些上船。』

聽到青瀾先生這麼說，我回了個笑容。

儘管這沒什麼了不起的，不過能幫上他們的忙令我很開心。

『那個鹽漬包心菜是斯蘭塔尼亞王國的料理嗎？』

『不是，那是我以前讀過的書上提到的外國料理。』

『所以妳才會說沒做過……』

『是的。』

雖說是外國，但並不是這個世界的國家。

我內心這麼想著，決定遇到困難時就推給書，一切都當作是在書上看到的就好。

青瀾先生還稱讚說：「妳真是熱愛閱讀呢。」殊不知我聽了背脊冷汗直流。

聊得差不多後，茶會就結束了。

我再次為昨天的宴會向青瀾先生道謝，然後回到自己的旅館。

至於德式酸菜的最後成果，他說下次會告訴我；不過我們還有見面的機會嗎？

商會那邊有洽談稻米和味噌的生意，或許到時候還能見面吧？

唔～要不要在王都做做看呢？

如果做起來很好吃的話，討伐魔物的時候帶去應該也不錯。

第四幕　日本料理

從摩根哈芬回來後經過一週。

回來後就是窩在研究所努力工作，和出門旅行之前一樣。

我跟文官打聽過黑色沼澤的事，但目前還沒有下落。

因此，沒有「聖女」出場的機會，每天都過著平靜的生活。

既然多了些時間，下一件要做的事已經確定了。

那就是做日本料理。

我在心中立下這個決定後，卯起來解決休假時累積起來的研究所工作。

於是，在工作告一段落的某天下午。

這一刻終於來臨了。

「終於要開始做了嗎？」

「是的！」

我在研究所的廚房做準備時，所長就來了。

他還是一樣眼尖地發現我要做新的料理。
我滿面笑容地回答後，他便興致勃勃地探頭看我手邊的東西。
「那就是妳一直在找的米嗎？」
「對，在日本那邊是當主食來吃的。」
裝著白米的竹筐就立定於眼前。
我才剛量完米，正準備淘洗。
「還要花一段時間哦。」
「這樣啊？」
「是的，米在洗過之後要泡水一陣子。」
我一邊洗米，一邊說明接下來的步驟。
告訴所長要多久的時間才會開始煮飯後，他便表示晚點再來，先回去工作了。
目送著他的背影，我突然覺得有點抱歉。
因為我這次沒有把握能做得很好。
住在摩根哈芬的期間，我是有跟青瀾先生那邊的廚師學過煮飯的方法啦。
但還是和日本的做法有許多相異之處，讓我很不安。
畢竟在日本煮飯的時候都是用電飯鍋。

我只有過一兩次用鍋子煮飯的經驗。

可以的話，我希望等試做成功後再請所長吃，但既然被他發現了也沒辦法。

那就努力一點，祈禱能順利成功吧。

泡完水後，把米與適量的水倒入鍋子裡，然後點火。

雖然這一年來我控制火候的功力已經進步了，但還不到家。

在廚師們的幫助下，好不容易才炊煮起來。

「聞得到香味了呢。」

「是啊。應該再一下下就煮好了。」

我對不知何時回到廚房的所長這麼說道。

由於沒有時鐘，只能依靠耳朵和味道來判斷是否已煮熟。

我無意間掃了眼四周，發現除了所長之外，裘德和廚師們也都目不轉睛地看著我這邊。

連裘德也來了啊。

每個人都專注地盯著鍋子的景象有點好笑。

我忍住笑意，決定也盯緊鍋子的情況。

好，差不多可以了吧。

我稍微加強火候，仔細聽鍋內傳出的聲響。

聽到啪滋啪滋的聲響後，我便將鍋子遠離火源。

接下來只要悶飯就好了。

「好了嗎？」

「還沒好，一定要悶一段時間才行。」

「這樣啊。」

「好了啦，您不要這麼沮喪。我趁現在再做一道吧。」

聽到我要再做一道，所長的表情都亮了起來。

我回以苦笑後，著手做下一道料理。

接著要做的是味噌湯。

和平常煮湯的時候一樣先切蔬菜。

味噌湯的優點就是不太挑食材。

現在手邊的食材很有限，用西式配料也可以煮味噌湯是值得慶幸的一點。

「妳要煮湯嗎？」

「對。但用的是味噌。」

「之前在倉庫喝的那個嗎？」

「沒錯、沒錯。不過那個是簡易版的哦。」

「這樣啊？」

「在我故鄉那邊不是只有湯而已，味噌要融入高湯裡，然後加一些配料。」

「哦～」

我回答裘德的問題後，他便發出了驚嘆聲。

當時喝到的味噌湯只是把味噌融在熱水裡，喝起來有點空虛。

難得有機會煮味噌湯，我希望盡可能重現故鄉的味道。

於是，我決定用在摩根哈芬買到的小魚乾來熬湯。

我請廚師幫忙，趁煮飯的時候把高湯熬好。

小魚乾與我以往見過的不一樣，不過熬出的高湯依然很棒。

就這樣煮好味噌湯後，終於可以確認米飯煮得如何了。

我忐忑不安地打開鍋蓋，便有一股撲鼻的香味飄散開來。

接著用請人火速趕製的飯匙拌一拌米飯，發現底部有微焦的鍋巴。

我試了一下味道，雖然煮得有點軟，但這樣算是成功了吧。

久違的甘甜味讓我的心頭暗暗泛起一絲感動。

我露出滿意的笑容後，廚師們便高聲歡呼起來。

「成功了嗎？」

「好像有點煮太軟了。」

「看妳的表情應該是沒問題吧。」

我將滿心期待並笑著的所長和裘德趕到餐廳去。

而在和廚師們一起快手快腳地配膳完畢後，我也前往餐廳。

我在已經開動的人們喧鬧中就座，再次注視著米飯和味噌湯。

由於沒有碗，所以米飯是盛裝在平盤裡，味噌湯則是倒在湯杯裡。

儘管如此，我心中還是無比感慨。

終於吃得到了。

雖然試味道的時候已經嘗過一口，像這樣備齊一切再享用的話，就會湧起這種心情。

「好好吃……」

咀嚼口中的米飯後，米飯的甘甜就緩緩擴散開來。

我不禁脫口說出這句感想，坐在對面的所長溫和地笑了笑。

「那太好了。」

「是。」

沉浸在感慨中的同時，我接著朝味噌湯伸出手。

喝下一口，高湯的鮮香便竄入鼻腔。

然後味噌的滋味滑過喉頭，我不由得長舒一口氣。

啊～真是通體舒暢～

「這就是味噌湯？」

「對呀。」

「和在摩根哈芬喝到的完全不一樣耶！」

在味噌湯讓我暖洋洋之際，裘德便神情驚訝地這麼問道。

看來高湯果然是個偉大的發明，味道和在摩根哈芬喝到的味噌湯明顯不同。

「有差這麼多嗎？」

「是的。在那邊喝到的湯有更強烈的味噌味。」

「沒錯。當時在摩根哈芬喝到的湯只是把味噌溶在熱水裡的飲品，嘗起來就是很純粹的味噌味。」

「這個不是嗎？」

「這個是把味噌溶在高湯裡，而且還有蔬菜釋放出的風味。」

「所以喝起來才會這麼清甜嗎？」

「應該是這樣沒錯。」

「我滿好奇只把味噌加入高湯會是什麼味道呢。」

「那稍後來試試看吧？」

雖然是因為差異太明顯，不過裘德也很難得會這麼熱衷地一直追問。

我問他等一下要不要確認看看高湯和配料的使用與否對味道造成的影響，他便笑著點頭答應。

所長當然也會參加。

就這樣聊了一會兒後，所長像是忽然想起似的開口問道：

「米和味噌也有什麼效果嗎？」

「效果？」

「對，比如最大ＨＰ增加之類的。」

「是指料理的效果吧？這個我也不曉得耶。」

在擁有烹飪技能的情況下，做出的料理有時候會附加一些效果。

今天的料理是我做的，如果有效果的話，應該會發揮得很明顯。

聽到所長這麼說，坐在周遭的人們一致打開狀態資訊。

「乍看之下沒有任何效果的樣子呢。」

「真的耶。」

「這樣啊。我本來想說聖的故鄉有藥膳，這些料理可能會附加什麼效果。」

所長一臉遺憾地說道，而我也同意。

相傳味噌是有益身體健康的食品。

沒有附加效果還比較令人難以置信。

說不定是物理攻擊力增加或ＨＰ自然恢復量增加這些不易呈現在狀態資訊的效果。

所長似乎也想到了這個可能性，這件事會繼續調查下去。

我從青瀾先生那邊買了不少米和味噌，但要調查的話，還是有點怕不夠用。

該怎麼做才能用少量的材料進行調查呢？

我一邊思索有效率的調查程序，一邊將剩餘的米飯送入口中。

◆

「您好！」

「歡迎，愛良妹妹。」

我開始在研究所煮飯之後過了幾天。

現在是中午時間。

愛良妹妹來到了研究所。

今天準備做米飯料理，所以我邀請她來吃午餐。

一聽到能夠吃到米飯，愛良妹妹立刻就點頭答應。

第一次煮飯的那天晚上，我也帶了一些給她試試味道。

我帶去宮廷魔導師團宿舍的是飯糰和味噌湯。

愛良妹妹當時好奇地看著我遞給她的籃子，而在拿掉籃子上的布巾之後，她立刻睜大了雙眼。

她就這樣用驚訝的表情看我，我則問她：「不介意的話，要不要一起吃？」

後來我們就在愛良妹妹的房間一起享用了飯糰和味噌湯。

我們邊聊著遙遠的故鄉邊吃，總覺得比試味道的時候還要鹹一點。

「今天的菜色是什麼呢？」

「今天吃什錦壽司飯哦。」

「壽司？咦？做得出來嗎？」

「因為用的醋不是米醋，風味可能不太一樣。」

「但我還是很期待呢！」

我和欣喜笑著的愛良妹妹一起往餐廳走去。

如同剛才告訴她的，今天的菜色是什錦壽司飯。

由於是用葡萄酒醋代替米醋，並不會是期待中的那個風味。
即使如此，我覺得味道應該還是很不錯。
配料有牛蒡、紅蘿蔔，以及從摩根哈芬買來的白身魚乾。
鋪在上面的蛋絲當然不能忘了。
補充一下，牛蒡是所長從他培育的藥草田分給我的。
牛蒡是從外國進口的藥草，由所長負責培育。
我大概是去年這個時候發現的吧？
看到採收起來的牛蒡，我真的嚇了一跳。
告訴所長日本那邊是當蔬菜來食用後，他的反應更驚訝。
既然都找到米和味噌了，之後去拜託所長明年開始多種一些當作食材吧？
我們在餐廳就座，廚師便笑容滿面地端來了餐點。
有機會學到用米這個新食材做的料理，好奇心旺盛的廚師們都樂得眉開眼笑。
什錦壽司飯和味噌湯擺在眼前，愛良妹妹的眼睛頓時發亮。
她看起來迫不及待，馬上就招呼一聲：「我開動了。」
「我只有小時候吃過這樣的壽司呢。」
「這樣啊？」

「是的。我媽媽在女兒節時會從店裡買回來吃，但只到小學一二年級而已。」

「哦～我家也是女兒節時祖母會做給我吃呢。女兒節以外的日子偶爾也會做就是了。」

和愛良妹妹聊著聊著，我想起祖母的事情，淚腺便有點撐不住。

不行、不行。

冷靜點吧。

我不動聲色地深呼吸一口氣，讓心情平復下來。

收斂淚腺後，我拿起湯杯。

祖母做什錦壽司飯的時候通常會配清湯，不過今天配的是味噌湯。

雖然有鹽就能做出清湯，但沒有醬油的話，總覺得少了些什麼。

只要有醬油，我就能重現那道清湯了。

這個世界都有味噌了，感覺應該也會有醬油。

之後拜託奧斯卡先生幫忙打聽迦德拉有沒有醬油好了。

「好好吃喲！」

「太好了。」

把餐點都吃光後，愛良妹妹喜笑顏開地向我道謝。

我原本對於用葡萄酒醋當壽司醋有一絲不安，看來是沒問題的樣子。

愛良妹妹之後還有工作，我送她磅蛋糕讓她當點心吃，然後便道別了。

宮廷魔導師團的人們似乎非常喜歡磅蛋糕。

愛良妹妹說感覺大家會爭奪起來，於是我多拿了幾條蛋糕給她。

她感到很不好意思，但這沒什麼。

我每次做磅蛋糕本來就會多做一點。

接著來到隔天。

意想不到的訪客出現在研究所。

「您怎麼來了？」

「有點事情想請教一下。」

上班後沒多久，師團長就來了。

他後面還跟著一臉傷腦筋的愛良妹妹。

一早就見到面露優美笑容靜靜佇立的師團長，我不禁有些退縮。

他究竟有什麼事呢？

總之，站在門口說話也不好，我便將他們帶到接待室。

「我來這裡是想談談昨天愛良小姐吃的料理。」

「昨天的料理是指什錦壽司飯和味噌湯嗎？」

「沒錯！我也想嘗嘗看那些料理，可以請妳幫我準備嗎？」

在接待室的沙發坐下後，師團長立刻說起來由。

不知該怎麼說才好，他的笑容太有壓迫感了。

我看向愛良妹妹尋求說明，而她搖了搖頭，似乎同樣一頭霧水。

不過，她還是說明了情況。

昨天她回到宮廷魔導師團的隊舍就在進行魔法訓練。

師團長恰巧路過，便過來看看她訓練的情況。

他看了一會兒愛良妹妹施展魔法的模樣，接著詢問她幾個怪問題。

在問到今天有沒有做過或遇到比較特別的事時，她便說出有在研究所的餐廳吃過午餐。

原來如此。

應該是昨天吃到的其中一道料理具有某種效果，引起了師團長的興趣吧。

從師團長的神情來看，十之八九是跟魔法有關的效果。

我正好打算調查米和味噌料理的效果，找師團長幫忙實驗或許是個不錯的決定。

「我可以為您準備，但其實有件事想請您幫忙。」

「什麼事呢？」

「不好意思，我可以先取得所長的同意再告訴您嗎？」

「好的，我也一起去吧。」

話語剛落，師團長就站起來。

看來他是真的很想吃昨天的料理。

無論如何，我認為所長很快就會答應，便以此為由阻止師團長跟我一起去後，這才離開了接待室。

雖然什麼都沒說，看他的樣子應該會在接待室等到我回來為止吧。

我快步走到所長室敲了敲門。

得到回應後我打開門，只見所長一臉錯愕地看著我。

「妳這麼著急是怎麼了？」

「對不起，有件事想取得您的同意。」

我似乎開門開得太快了。

面對一臉擔心的所長，我將師團長想嘗嘗看料理，以及我打算請他幫忙調查料理效果等事情都說了出來。

「這樣啊，找德勒韋思大人嗎……」

「是的。料理的效果鐵定和魔法有關，這次還是請師團長幫忙比較好。」

「這麼說也沒錯。」

「米和味噌這些材料的庫存都很少，我覺得有師團長幫忙也可以節省用量。」

「畢竟他在魔法方面的眼光很精準啊。那好吧。」

沒錯，我想請師團長幫忙是有理由的。

這次料理的材料庫存很少，而且也不好取得。

就當是為了自己和愛良妹妹也行，我強烈希望能夠儘量節省使用日本料理的材料。

調查當然也很重要啦。

所以，我覺得讓少數精銳參與這次的調查就好。

在這一點上，精通魔法的師團長是最佳人選。

之後再請師團長從宮廷魔導師團裡挑幾位合適的人選。

取得所長的同意後，我回到接待室。

才剛踏進室內，師團長就帶著極有壓迫感的笑容問道：「結果如何呢？」

這個人到底是多想吃啊？

我有點傻眼地表示已經取得所長的同意後，他的笑意更深了。

師團長旁邊的愛良妹妹見狀也鬆了口氣，我與她視線交會後，同時露出苦笑。

接著，我說出想請師團長幫忙的那件事，也就是調查料理的效果，而他欣然承諾說包在他身上。

一口就答應了呢。

我忽然想到該知會眼鏡菁英大人一聲，詢問過後，愛良妹妹說她會負責轉達。

那就萬事拜託了。

不過，既然宮廷魔導師團的領袖都答應了，眼鏡菁英大人總不會加以阻攔吧。

大概吧……我猜。

◆

師團長來過研究所的三天後，什錦壽司飯和味噌湯的調查便開始了。

接到通知的時候我嚇了一跳。

因為師團長回去當天就通知了我們。

而且還說三天後就展開調查，從這快得異常的速度就看得出來師團長有多期待。

還有眼鏡菁英大人受了多少折騰……

看看眼前這眉頭深鎖的表情，真是一目了然。

「……今天就請各位多多指教了。」

「當然！我也很期待呢。」

從宮廷魔導師團來的有師團長、眼鏡菁英大人和其他三人。

我一邊觀察眼鏡菁英大人的臉色，一邊戰戰兢兢地打招呼後，面帶優美笑容的師團長就心情極佳地這麼回道。

嗯，畢竟師團長是代表嘛。

姑且算是……

眼鏡菁英大人則深深～地嘆一口氣，低聲說了句：「這是我們該說的。」

將宮廷魔導師團的人們帶往餐廳的路上時，聽他們說今天來這裡的是宮廷魔導師團的前五位精銳。

既然是前五位精銳……那豈不全是大忙人嗎？

「呃，各位應該都很忙吧？」

「沒問題的。」

我驚訝地詢問後，團長就一臉沒什麼大不了的表情這麼回答。

看到眼鏡菁英大人嘆氣和其他三人苦笑，就知道他們一定費了番工夫調整行程。

由於材料很少，我就請師團長找對料理效果很敏銳的人，但是沒想到把這幾位也給拖下了水。

我對他們感到非常抱歉。

「這是有點酸味的料理，吃完後請確認一下狀態資訊有沒有變化。」

「明白了。」

「好的。」

將宮廷魔導師團的人們帶到餐廳就座後，僕從們就將料理端了過來。

今天要請他們試吃的只有什錦壽司飯。

要是一次端出壽司和味噌湯，就算查出是什麼效果，也不知道是哪道料理的效果。

宮廷魔導師們新奇地看著擺在桌上的什錦壽司飯，我便簡單介紹了這道料理。

由於加了葡萄酒醋，慎重起見還是告訴他們這道料理有酸味。

要是在不知道的情況下吃到酸味，以為是東西腐壞就麻煩了。

也許是這個提醒奏效了，大家頂多覺得是沒吃過的味道，不至於嫌棄。

「雖然這味道很特別，我並不討厭呢。」

「就是說啊。尤其這個白色顆粒還是第一次吃到，這是什麼食物啊？」

「白色顆粒叫做米，是外國的穀物。」

「外國的啊？」

三位宮廷魔導師都給予滿高的評價。

眼鏡菁英大人因為面無表情的緣故，完全看不出他的想法。

他不發一語地吃著，但沒有皺著眉頭，我想他應該對這味道不抗拒。

至於師團長的話……

「聖小姐研發的料理都很好吃，這次的料理也是，感覺天天吃也吃不膩呢。」

「這、這樣啊，您過獎了。」

他露出笑吟吟的表情。

天天吃也吃不膩嗎？

遺憾的是，材料並沒有多到每天都能供應。

不過，現在提這個也無濟於事。

我決定不談材料的取得難度，問起了一直想知道的事情。

「那麼，狀態資訊有什麼變化嗎？」

「我看看，『狀態資訊』……狀態資訊上是沒有變化。」

師團長與其他人的狀態資訊都沒有任何變化。

唔～這樣的話，引起師團長興趣的效果就是味噌湯的嘍？

當我陷入思索時，師團長就起身走向外頭。

「咦？怎麼了嗎？」

「我有件事想在外面實驗一下。」

「在外面嗎？」

「對。在這裡的話，事後清理起來很麻煩。」

說完，師團長便一陣風似的走到了外頭。

儘管大家都愣住了，仍立刻就回過神來，趕忙跟上他。

師團長站在距離門口不遠的地方，正準備發動某種魔法。

接著，一起追出來的眼鏡菁英大人還來不及阻止，他的魔法就發動了。

水球發射到空中後破裂，水滴在周邊一帶傾注而下。

那是裘德在給藥草田澆水時常用的水屬性魔法。

只是水球射出去的高度比裘德的還要高，水滴灑落的範圍也更廣。

「呃……」

「果然和我料想的一樣，魔法攻擊力提高了。」

「咦？」

師團長這麼說完，帶著欣喜無比的表情轉過頭來。

他說想再多驗證一下，便急忙趕往宮廷魔導師團的訓練場。

正確來說，是師團長正要當場開始驗證之際，就被眼鏡菁英大人給拖走了。

真是太感謝他阻止師團長了。

幸好藥草田沒有發生損害。

我拜託僕從們幫忙收拾餐廳後，便往宮廷魔導師團走去。

師團長來到訓練場後，那表現真的令人嘆為觀止。

看著接連不斷發動的魔法，就知道他在研究所的時候是有手下留情的。

師團長以外的魔導師們也發動各自擅長的魔法，確認料理的效果。

「『寒冰箭』。」

我還是第一次見到眼鏡菁英大人施展魔法。

寒冰箭精準地射穿遠處標靶的正中心。

而且還不少次。

覺得神乎其技的不只我而已，周遭也響起了其他人的驚嘆聲。

我環視四周，發現訓練場不知不覺間聚集了許多魔導師。

詢問站在附近的魔導師後，我才知道前五位精銳同時出現在訓練場，甚至還在發動魔法是很難得見到的情景。

因此，待在隊舍的人也紛紛跑了過來。

「魔法命中率似乎也提高了。」

「是這樣嗎？」

「平常的話，箭著點會稍有偏移。」

眼鏡菁英大人施展「寒冰箭」一陣子後，也走過來慢條斯理地說道。

聽到他說箭著點稍有偏移，我看向剛才的標靶，只有正中心留下了痕跡。

再加上痕跡並沒有多大，我便明白多次發射的寒冰箭幾乎都從正中心射穿而過。

眼鏡菁英大人跟我說，雖然他對控制很有自信，但平常箭著點不會這麼集中。

「魔法攻擊力如何呢？師團長說提高了。」

「確實提高了沒錯。」

魔法攻擊力的強度會影響到魔法發動後的威力與大小。

以師團長在研究所發動的魔法來說，就是水滴灑落的範圍更廣了。

換作平常使用等量魔力的情況下，範圍會再小一點。

而眼鏡菁英大人這次施展的魔法，是使用更少的魔力來施展出與平常程度相當的魔法。

他是從這一點確定魔法攻擊力提高的。

既然師團長和眼鏡菁英大人都確認無誤，那幾乎可以確定什錦壽司飯具有提高魔法攻擊力和魔法命中率的效果了。

我請其他三人也確認一下魔法攻擊力和魔法命中率是否有提高，以便作為調查依據。

然後如同預期，那三人都發現這兩者提高了。

保險起見，我請他們檢查有沒有別的效果，但果然只有這兩種而已。

「非常謝謝各位的協助。」

「不會，我們才要感謝妳帶來那麼棒的料理。」

由於料理效果消失，今天的調查就到此為止。

我向師團長及其他宮廷魔導團的人們道謝，師團長便和顏悅色地這麼回道。

原本料理的效果大多和物理攻擊或ＨＰ有關，和魔法有關的頂多是影響到ＭＰ。

不過，從這次的調查可以知道還是有效果是和魔法有關的。

而我也知道，有魔法狂熱分子之稱的師團長對此非常非～常感興趣。

「這次料理的材料很難取得是嗎？」

「是的。」

「可以的話，真希望每天都吃得到啊……」

「現階段還是很難，但今後有打算定期進口材料。」

「定期嗎？」

「對。今天的料理所使用的米是我國家的主食，所以我也希望一天可以吃到一次。」

「意思是一旦開始進口，每天都可以在研究所的餐廳吃到那道料理嗎？」

「對，我想是的？」

「這樣啊！那麼，餐廳有供應的時候務必告訴我一聲，我會來用餐的！」

不過，還真沒想到會變成這樣呢……

他這是準備每天都來吧。

算了，也沒關係。

師團長的餐費我會請宮廷魔導師團如數支付的。

我一邊思考著今後的規畫，一邊答應面露燦笑的師團長。

幕後

摩根哈芬的旅館客房內，青瀾喝著葡萄酒，心不在焉地望著桌上的空瓶。

他在思索這幾天發生的事情。

自幾年前起，迦德拉便開始對斯蘭塔尼亞王國出口工藝品與食品。

每次都是固定同一艘船運送出口貨物，而青瀾就是管理那艘船的船長。

連結迦德拉與斯蘭塔尼亞的航線相對較為安全。

他的船在這條航線上行駛過無數次，這次也如同往常，順利地抵達斯蘭塔尼亞王國。

或許就是因此大意了。

卸貨到陸地時發生了問題。

船貨忽然間傾塌，正在幹活的人們都被壓在船貨下面。

青瀾得知意外發生後，立即前去確認損害情況。

所幸無人死亡，船貨的損害也很小；然而被壓在下面的人們傷勢比預想得還要嚴重。

雖說人員可以替換，但畢竟是長年一同乘船的夥伴。

對青瀾而言，沒有不治療就棄之不顧的選項。

青瀾等人將帶著的所有藥水都拿去治療傷患，只是有個人用手頭的藥水也治不好。

那個人的傷勢最為嚴重，雙腳夾在沉重的貨物之間，面臨截肢的危機。

青瀾等人持有的是下級藥水，要治好重傷根本不可能。

換作老年人的話，青瀾大概就會斷了繼續治療的念頭。

但是，傷患是年僅十幾歲的少年。

這個年紀就要在失去雙腳的狀態下討生活實在太早了。

青瀾等人不忍心，便在摩根哈芬四處奔波尋求藥水。

後來，他們和城裡最厲害的藥師買下療效最強的藥水。

即使如此，還是沒能澈底治好少年的雙腳。

相較於藥水，回復魔法更能治好重傷。

只不過，無論用哪一種方式，若受傷時間拖得太久就再也無法醫治。

清楚這一點的青瀾火速趕回城內，到處向港口的人們打聽這裡是否有魔導師。

由於太過著急，青瀾說話時參雜著母語，周遭的人們都聽不懂他要表達什麼。

儘管焦躁感逐漸增生，青瀾依然懷抱著能夠找到魔導師的希望，而這時有一名女性向他搭話。

那個人就是聖。

說著流利母語的聖一登場，青瀾感覺有一瞬間看見了光明。

然而，光明立刻就熄滅了。

因為摩根哈芬沒有魔導師。

當青瀾萬念俱灰地垂下肩膀後，聖遞來了一瓶藥水。

聖看起來就是個普通的小鎮姑娘，她給的藥水本身也沒什麼特別之處。

比起平常看到的下級ＨＰ藥水，顏色似乎還要深一些。

青瀾認為這可能是中級ＨＰ藥水。

『……謝謝。』

他們已經用過中級ＨＰ藥水了，沒辦法完全治好。

要是再服用兩三瓶的話，少年的腳也許就能動了，但光靠一瓶還是不可能。

只不過這瓶藥水也是聖的心意，青瀾還是感激地收了下來。

與聖道別後，青瀾心想既然都收下了，便讓少年服用了藥水。

未料結果相當驚人。

被船貨壓裂粉碎的骨頭恢復原狀，完好如初。

周圍人們看到少年康復便掀起一陣歡呼，唯獨青瀾拿著藥水空瓶怔怔地望著。

這瓶藥水的療效比摩根哈芬的藥師賣給他們的還要強。

而這意味著什麼？青瀾思索過後，背脊竄過一陣顫動。

聖給的藥水比中級還要高階，至少是上級ＨＰ藥水的可能性很高。

說起上級藥水，在迦德拉即使是王侯貴族，也要階級夠高的權貴才有辦法取得的奇貨。

隨手把這等好東西送給他們的聖，究竟是什麼來頭？

這個疑問掠過青瀾的腦海，但現在有更重要的事要做。

白白收下這麼好的東西卻一點表示也沒有，這有損迦德拉之名。

無論如何一定要鄭重道謝。

青瀾將遇到聖的事情經過告訴船員們，並四處尋找聖的蹤影。

幸運的是很快就找到聖，總算答謝了贈送藥水的恩情。

然後回到開頭。

青瀾望著的空瓶就是聖給的那瓶藥水。

根據同行的奧斯卡所說，聖的父親是商會老闆，是他把藥水給聖的。

若真是如此，聖的家族到底是多龐大的商會？

青瀾是專門運送出口貨物的船長，對斯蘭塔尼亞王國的大型商會有一定的了解。

他尋思，哪家商會有聖這樣的女兒？

會長和高層員工他是知道的。

被視為繼承人的子女他也勉強有印象。

然而，其他子女他就一無所悉了。

就算回想前幾大商會的會長相貌，也找不到長得跟聖相似的人。

如此一來，就是其他商會了吧？

縱使奧斯卡巧妙地掩藏了起來，青瀾還是想知道聖家族的商會。

其中一個原因，是他想為受贈藥水一事向聖那位身為會長的父親致謝。

而另一個原因，是他想盡可能查出藥水的出處。

平時很注重禮儀的青瀾之所以拋開禮儀作此打算，是與他們的雇主有關。

青瀾等人的雇主在尋找優秀的藥師。

至於尋人的原因，青瀾接收到的資訊並不多。

但既然知道在尋人，他便認為這次的事情還是該回報給雇主。

做得出上級藥水的人才，在迦德拉也會被視為優秀的藥師。

若是說出這次的事情，雇主一定會對藥水製作者感興趣。

那麼在回報之前，儘量多搜集一點消息比較好吧。

夜色漸深，青瀾在單人房內思索啟程回迦德拉前必須做哪些事。

只不過青瀾在這邊有個誤解。

雖說贈送藥水的聖是富裕商家的女兒，但她的平民打扮讓青瀾誤判了一件事。

在迦德拉，只有皇宮的藥師做得出上級藥水。

也因此，只有皇帝與高階貴族才能取得上級藥水。

然而在斯蘭塔尼亞王國，平民若是用盡一切手段還是能取得上級藥水。

基於這個事實，青瀾便誤以為上級藥水的製作者在市井之中。

實際上，即使是在斯蘭塔尼亞王國，能取得上級藥水的同樣只有王族與高階貴族。

更別說那瓶藥水的製作者是「聖女」。

若非王宮的相關人士，是不可能取得的。

所以消息搜集起來極為困難。

到頭來，不管是藥師的消息還是聖家族的商會資訊都沒有任何收穫。

於是，青瀾等人就這樣抱著失落的心情離開了斯蘭塔尼亞王國。

◆

正午鐘聲即將響起的時刻。

有人敲了敲藥用植物研究所所長室的門。

所長室的主人約翰回應後，開門走進來的是第三騎士團的團長艾爾柏特。

「你會來這裡還真是稀奇呢。」

「過來找你，順便休息啊。」

約翰雙眼圓睜，艾爾柏特則揚了揚手上的文件。

約翰看到文件便意會過來，他伸出一隻手，艾爾柏特便把文件遞過去。

當約翰的視線移向文件，艾爾柏特就走到配置在室內的迎賓沙發坐下來。

經過片刻，又有人敲了敲所長室的門。

約翰同意對方進門後，這次是僕從推著擺放茶具的推車進來。

「真是周到耶。」

「來的時候剛好遇到，就請人備茶了。」

見約翰再次睜圓雙眼，艾爾柏特便如此解釋道。

約翰聽完泛起苦笑，在文件上簽名後，自己也走到迎賓沙發坐下。

兩人面對面坐著，僕從將茶擺上桌，接著在約翰的示意下離開了所長室。

「所以呢？你今天來有什麼要事嗎？」

「沒什麼要事，真的只是來休息一下的。」

「哦？可是聖不在耶？」

約翰帶著賊笑這麼一說，正在喝茶的艾爾柏特頓時嗆著。

艾爾柏特瞪了眼以此為樂而隱隱發笑的約翰，但當事人絲毫不放在心上。

「對了，商會那邊的情況怎麼樣了？」

「託你的福，大致穩定下來了。」

「這樣啊，那也可以放心了。」

「是啊。原以為對方會因為銷售額減少而不願鬆手，但也沒有。」

「美容用品的移交嗎？」

「沒錯。畢竟光是那些就創下很可觀的銷售額。」

「可能是受到太多妨礙，讓他們覺得交換也無所謂吧。」

「說得也是。」

艾爾柏特為了改變話題而提起商會，約翰也順勢談起這件事。

聖的商會是在王宮的主導下成立的，這一點不只是約翰，艾爾柏特也很清楚。

艾爾柏特是第三騎士團的團長，在王宮是高層的一員。

再加上第三騎士團是與聖來往最密切的騎士團。

身為團長不可能沒收到聖的相關消息。

艾爾柏特知道約翰的家族，也就是瓦爾德克家族因為商會的事情而忙得焦頭爛額。

話雖如此，他還是不能隨便插手其他家族的問題。

更別說這種事也不適合向自己的家族——霍克家族求助。

艾爾柏特能做的頂多是聽聽約翰發牢騷，一起探討解決辦法，而這讓他感到焦慮不耐也是事實。

得知問題已經平息後，艾爾柏特鬆了口氣。

在成立聖的商會時，王宮這邊牽掛著幾樁隱憂。

其中之一就是前商會是否同意將美容用品移交出去。

美容用品不僅是高級品，而且廣受青睞，也因此銷售額相當龐大。

如果這部分的銷售額整個拱手讓人，就算有其他商品可以賣，還是會對商會造成痛擊，這並不難想像。

因而王宮不認為要讓商會答應移交美容用品會是一件易事。

但商會的反應和王宮預料的相反，一口就答應了移交。

商會之所以這麼輕易就放掉美容用品，其中一個原因在於王宮過去為了避免先行投資泡湯，幫忙打點了很多事情。

此外，商會也因為美容用品而要應對來自其他商會的接觸，他們很慶幸以後可以省下這

部分的成本。

然而，還有一個更重大的原因。

這次的事情能讓他們賣人情給王宮、瓦爾德克家族，甚至是「聖女」，這將會帶來莫大的利益。

商會的判斷可以說很有遠見。

「不過，商會這邊穩定下來後，下一個輪到聖那邊有麻煩了吧。」

「聖？」

「她去各地討伐魔物，名氣在各個圈子間傳開，接下來會發生什麼事你懂吧？」

「接下來嗎……」

「不僅地位高，又有經濟能力，而且還是帶動流行的源頭，這會讓很多男性想把她留在身邊吧。」

意識到約翰想說什麼，艾爾柏特皺起眉頭。

約翰想說的是聖的婚事。

斯蘭塔尼亞王國的適婚年齡比日本早，約翰和艾爾柏特都已經過了年紀。

貴族的適婚年齡很早，十五歲成年就可以步入婚姻。

因此，貴族女性普遍都在十五歲至二十歲之間結婚。

把這個觀念套用在聖身上的話，她會被歸類為所謂的晚婚族群。

但是，考慮到「聖女」的地位、新設商會的收入，以及在美容用品和料理等方面是帶動流行的源頭，她的年齡並不是什麼問題。

儘管有點超過適婚年齡，只要看看這些附加價值，簡直是娶到賺到。

尤其對於那些無法繼承家業的次男和三男而言，這是極大的誘惑。

即使現在還沒有動靜，約翰他們已經預見不久之後，那些人的畫像和簡歷會如雪片般飛到聖的手上。

「不過，聖好像沒考慮過結婚的事吧？畢竟她滿腦子只有工作。」

「是啊。看到堆得像山一樣高的相親簡歷，她要嘛會慌張，要嘛就是和我們一樣感到厭惡吧。」

「要說哪個的話，應該是慌張的機率比較高吧？」

「絕對是這樣。」

聖在戀愛方面格外晚熟。

也許是這個因素使然，她對別人的示好非常遲鈍。

從她和艾爾柏特初次約會後，還要約翰提醒才發覺這是示好的表現，便可看出這一點。

實際上，艾爾柏特以外的男性也頻頻送來秋波，只是聖對此渾然未覺。

反而是她身邊的人全都注意到了。
他們兩人都很了解聖。
所以很容易就想像得到聖在面對大量的相親簡歷時，那臉紅驚慌的模樣。
大概是腦海浮現那樣的情景，約翰和艾爾柏特同時噗哧一笑。
「那你打算怎麼做？」
「我？」
「就算是邊境伯爵家，再拖下去也是會被捷足先登哦。」
「……這我當然知道啊。」
笑了一會兒後，約翰這麼問道。
面對不怎麼順耳的提醒，艾爾柏特臉色頓時一沉。
約翰這番話並非出於打趣，而是單純擔心這個從小一起長大的朋友。
艾爾柏特也明白約翰的心情，即使沉著臉還是回答了他的問題。
艾爾柏特早就心意已定。
沒有採取明確行動的原因，是為了配合不諳情事的聖而放慢步調。
也許是察覺到艾爾柏特的想法，背後的霍克家族對此未置一詞。
然而，現在大概到了必須行動的時候。

成立新商會之後，藉由商會獲得利益再也不像以往那麼簡單，下一個被盯上的就會是聖本人。

不用說，最快獲得龐大利益的方法就是和聖結婚。

約翰說得沒錯，其他家族遲早會為了得到「聖女」而出擊，這是顯而易見的事。

差不多該下定決心，付諸實行了。

「你不行動的話，那就我去吧。」

「啊？」

「哎呀，就是在閒雜人等成為聖的未婚夫候選人之前，我先去報名啊。」

摯友的爆炸性發言讓艾爾柏特臉色大變，整個人都僵住了。

見狀，約翰噴笑出來，於是艾爾柏特明白他只是開了個惡劣的玩笑，頓時有些虛脫。

約翰大概是在以他的方式激勵艾爾柏特吧。

艾爾柏特後來是如何回敬約翰的，只有在所長室的兩人才知道。

第五幕　亮相

「亮相典禮嗎？」

「是的。」

某天，我和平常一樣在研究所製作藥水。

後來被所長叫去所長室，結果就看到王宮的文官來了。

我和所長一起坐在迎賓沙發上，一聽之下才知道是要舉辦亮相儀式。

想知道是誰的？

當然是我的呀。

事到如今還要辦嗎？雖然我內心這麼想，但鑑於當時的情況也是無可奈何。

又是意外召喚到兩位「聖女」，又是魔物的威脅迫在眉睫，王宮那邊想必也為這些事情忙得不可開交吧。

於是，一直延期的「聖女」亮相典禮，近來因為魔物的湧現問題已平息，王宮那邊就開始討論差不多該舉辦典禮了。

坦白說，我覺得不舉辦也沒關係。

之前接受國王陛下的致歉時，有些貴族們也在場，所以可以當作已經亮相了吧？

不過事情沒有這麼簡單，這就是上流階級的辛苦之處。

儘管我不是很懂，似乎有許多因素參雜其中。

而且還是有貴族沒有參與到那個場合，這次舉辦典禮要把那些人邀請過來才行。

「舉辦日期是季節的最後一天嗎？」

「是的，與王室主辦的舞會辦在同一天。」

所長看著文官拿給自己的邀請函，開口這麼問道。

所謂的季節，指的是社交季。

這段期間會有許多貴族從領地來到王都，並參加在王都各處舉辦的宴會，促進貴族之間的交流。

這些宴會可以視個人情況自由參加。

季節的第一天和最後一天都會有王室主辦的舞會。

如果受邀出席王室的舞會，那就非得排除萬難參加不可。

因此，王宮那邊配合王室舞會的日期舉辦亮相典禮，好讓幾乎所有貴族都能參加。

聽文官說，亮相典禮預計在舞會那天的中午舉行。

家主一定要出席，其他人則視意願而定。

夜晚的舞會和往年一樣，只有成年人才能參加。

平常只有晚上才有活動，這次連中午都有，感覺大家準備起來會很辛苦。

不過，文官說大家應該都會非常積極地做準備。

這幾年由於魔物肆虐，社交季期間的社交活動都傾向停辦。

有些人忙著處理自己領地的魔物，沒時間來王都。

但最近魔物不再頻繁孳生，大家沉浸在久違的歡快氛圍中。

所以悶了這麼久，這次應該會辦得相當盛大。

實際上，王宮舉辦的舞會已經確定會比幾年前的更加豪華了。

「別以為跟妳無關啊，妳有義務兩邊都要參加。」

「舞會也要嗎？」

「這還用說？」

聽到所長這麼說，我露出洩氣的表情，而他則嘆口氣唸了我幾句。

如果可以在舞會靜靜地當壁花，那我會很樂意參加。

畢竟是那麼華麗的場合，單純欣賞盛裝打扮的人們應該很有趣。

然而，在經過亮相典禮之後，我一定會受到大家注意。

儘管我覺得自己大致上習慣了，還是不喜歡變成注目焦點。
不過，一直唉聲嘆氣也無濟於事。
只能多想想正面一點的事了。
所長也收到了邀請函，代表舞會上並不會都是我不認識的人。
所以，他應該也會來吧？
「怎麼了？」
「沒事。」
「是嗎？」
想起團長之前提到的那件事，我的臉頰頓時滾燙起來。
正要掩飾時，可能是臉色不太對勁，馬上被所長逮個正著。
所長通常這時候都會緊咬著不放，但他這次沒有追問。
是因為文官也在嗎？
話說回來，不知道團長還記不記得？
他之前說過希望能當我的男伴。
這次的舞會他會當我的男伴嗎？
如果會的話，那真的很安心。

「可以說了吧？妳剛才在想什麼？」

「咦？」

「妳剛才的表情很不對勁啊。」

「啊……」

事情說完後，我們將文官送到研究所門口，等文官一走所長立刻這麼問道。

我一時之間沒意會過來所長在問什麼，但聽完他的下一句話後，我便知道他指的是剛才那件事。

「是有關亮相典禮的事情……我有點擔心。」

「擔心？」

「想說可能會引起注目。」

「當然會引起注目啊。」

「我想也是，唉……」

「討厭受到注目嗎？」

「與其說是討厭，應該是害怕才對。可以的話，我想站在一邊看就好。」

「那是不可能的啦。」

「果然是這樣啊……」

男伴的事太難以啟齒，我便講別的搪塞過去。

雖然早就知道了，真的被否決掉當壁花的想法後，我還是感到很失落。

看見我這副模樣，所長露出苦笑。

「我也收到了邀請函，到時我會盡可能陪在妳身邊，所以放心吧。」

「謝謝。」

「而且艾爾應該也會在啊，有他當靠山不是更好嗎？」

聽到團長的名字時，我心臟猛然一跳。

怕被所長察覺到急速的心跳，我垂下眼看著地板。

「霍克大人也會去嗎？」

「會去吧。他是第三騎士團的團長，一定會受到邀請。」

「這樣啊。」

「不僅如此，畢竟是舞會嘛，他會開心地來請妳讓他當男伴吧。」

說到最後，所長的嗓音裡帶著笑意。

我抬起視線就看到他一臉賊笑。

我噘起嘴，試圖掩飾臉頰上的微熱，而他則忍不住噴笑出來。

幾天後。

如同所長的預言（？），團長真的來邀約了。

「關於亮相典禮之後的舞會……」

「是。」

當我將批售給騎士團的藥水相關文件送到團長的辦公室時，突然就被叫住了。

我疑惑地停下腳步，往團長的方向看過去後，映入眼簾的就是團長雙頰微紅的模樣。

唔！殺傷力太強了……！

我的臉龐也跟著開始發燙。

「如果不介意的話，可以讓我當妳的男伴嗎？」

「呃，那就麻煩您了……」

我們在舞蹈課時說過的那些話。

團長也還記得吧？

儘管我愈說愈小聲，答應團長的邀約後，他便彎起眼睛，高興地微微一笑。

怎麼回事？

室內的氣溫好像上升了。

「是去王宮的房間接妳嗎？」

「是、是的。我當天一整天都要待在王宮的樣子。」

亮相典禮和舞會都是在王宮舉辦。

據說準備起來比禮儀課的淑女之日還要費時，我前一天就要留宿在王宮裡。

昨天才碰面的侍女們都幹勁十足，很是驚人。

聽她們說，前一天晚上要按摩，當天早上要比以往都更加細心地做準備。

畢竟是個大舞臺，她們都握起拳頭，鏗鏘有力地如此強調著。

我內心偷偷覺得她們那氣勢洶洶的模樣有點可怕。

亮相典禮和舞會穿的服裝似乎不一樣。

這也是侍女們充滿幹勁的原因之一。

由於必須換衣服，即使典禮和舞會之間有空檔，也不可能無所事事地休息。

不過，忙進忙出做準備的都是侍女們，我幾乎只要坐著就好，實在沒資格抱怨。

「亮相典禮和舞會的服裝不一樣，侍女們都卯足了幹勁。」

「這樣啊。」

「所以我前一天晚上就要住在王宮裡……」

我莫名害羞起來，一邊將視線移往斜下方，一邊說出剛才想到的事情。

也許是視野中沒了團長的身影，心跳慢慢平復下來了。

但是，我可能不該移開視線的。

我錯過了團長臉上一閃而逝的狡黠。

耳邊傳來拉開椅子的聲響，我抬頭一看，只見團長站起身走到我身邊。

我還在疑惑他要做什麼，結果他就撩起我的一縷髮絲放到嘴邊。

「我很期待看到妳不同以往的模樣。」

「……！」

團長莞爾一笑，嘴唇落在我的頭髮上。

於是，好不容易平復的心跳，再次狂躁起來。

◆

時光飛逝，亮相典禮的日子終於來臨了。

前一天就住在王宮房間的我，皮膚變得相當光滑有彈性。

侍女們剛按摩完畢的皮膚簡直像重生了一樣，我看了確實嚇一大跳。

但隔天起床後皮膚還是這麼好，更讓我難掩驚訝。

「請問有什麼問題嗎？」

「沒事，只是昨天就覺得皮膚狀態變好了，沒想到今天還是一樣好。」

「這是因為我們使用了聖小姐的美容用品。」

「比起美容用品，我倒認為這都要多虧瑪麗小姐妳們的按摩手藝相當好，真是太謝謝妳們了。」

「您謬讚了。」

那個手藝是真的很厲害。

要是換我自己來做，我非常懷疑能不能也有這麼好的效果。

我再次為這神奇的效果向瑪麗小姐等侍女們道謝，她們則回以開心的笑容。

化完妝後，接著是衣服。

和淑女之日一樣，其中一名侍女把長袍拿來給我看。

「亮相典禮的衣服是這件。」

「這件嗎？」

我原以為要穿的一定是正式謁見國王陛下時穿的那件長袍，侍女拿來的卻是不同件。

一樣是白底搭配金線刺繡，只是遠比上次穿過的更華麗。

首先，刺繡的範圍比上一件更大，刺繡本身也變成了複雜的圖案。

而且還有透明寶石縫在各處，寶石閃閃發亮地反射著光芒。

實在太華麗了，我會瞠目結舌也很正常。

我差點脫口說不用這麼華麗沒關係，但還是忍住了。

一旦說出口，感覺會立刻換一件更華麗的長袍。

不過，其他侍女們似乎從我的表情看出了這些心思，她們都露出傷腦筋的笑容。

「很適合您喲。」

「謝謝。」

於是，之前看到的那個很有聖女氣質的我，現在有了第二個版本。

很適合我……嗎？

周圍的侍女們都笑盈盈地點頭稱讚，所以我想應該是適合的吧？

儘管我覺得自己沒駕馭住這件長袍，但這麼想對努力幫我打扮的侍女們不太好意思，就當作是我多心了吧。

準備完成後，我喝著瑪麗小姐泡的紅茶等待著，然後響起了敲門聲。

看來是過來接我了。

來迎接的是不認識的騎士。

大概是第一或第二騎士團的人吧。

簡單打過招呼後，我們便前往亮相典禮的會場。

前面一人，左右各一人，後面一人。

我在四名騎士的包圍下走在王宮的走廊上。

感覺有點小題大作。

我知道考慮到我的立場也只能這樣，但排場太大還是讓我臉上的笑容變得很僵硬。

其實呢，我曾在禮儀課學過，身為「聖女」，或者說身為貴族千金，在公開場合必須時時刻刻保持嘴角上揚的柔和表情。

我原本打算在王宮內行走的時候也要這麼做，但這張僵硬的表情恐怕會被老師打上不及格的分數。

走了一會兒後，來到人群聚集的地方。

我看到國王陛下和宰相也在其中。

兩人身邊的一名騎士向他們說了些什麼後，他們便一起看向我這邊。

四周圍攏的人群分成左右兩邊，讓出一條通往那兩人的道路。

在騎士的帶領下，我往他們兩人走去。

「今天還請多多指教。」

「這是我們該說的。我很高興終於能舉辦妳的亮相典禮。」

眾目睽睽中，我緊張到不知該說什麼才好。

一開口就說了句無關緊要的話，不曉得有沒有問題？

看到陛下露出笑容，我想應該沒問題吧。

打完招呼後，時間很快就到了。

我們以外的參加者都已經聚集到大廳了。

大廳就在眼前這扇門的後方。

陛下站在門前，我則站在他身後。

侍從打開門，門後的嘈雜聲隨即消失，一片悄然無聲。

儘管身材高大的陛下擋住了門後的景象，一想到這前方有很多人，我就更加緊張了。

平常心、平常心。

當我做了幾次深呼吸後，陛下往前走了起來。

我也跟著走進大廳，眼睛只盯著陛下的後背，不去注意周遭。

接著立即轉往旁邊，那裡有高幾階的講臺，我和陛下一起走了上去。

陛下站定在講臺正中間，轉身面向正面。

我停在陛下左側稍微有點距離的位置後，一樣轉身面向正面。

到這裡都和前一天的彩排一樣。

沒錯，有彩排過。

我拜託文官讓我在前一天完整走一遍流程。

就算沒有陛下和宰相在，我還是請文官預先告訴我當天該站在哪個位置、該做些什麼。

不然的話，我猜自己當天一定會慌得亂走一通。

文官們明明忙著準備典禮卻欣然答應我的請求，我對他們只有滿滿的感謝。

多虧如此，我才能像這樣穩穩地站在舞臺上。

「先前舉行了『聖女召喚儀式』，將『聖女』大人迎接到我國。今天在此向諸位介紹『聖女』大人。」

陛下說完，我便提起長袍下襬行屈膝禮。

雖然視線落在腳下，但在我行禮的同時，會場的人們似乎也都跟著行禮。

重新站直並看向前方後，我便發現大家的視線都集中在我身上，於是身體猛然僵住。

緊張到快吐出來了。

我心想必須做點什麼才行，便屏除一切雜念，看著遠方發呆。

旁邊的陛下仍在致詞。

內容和魔物有關。

他提到我為了討伐魔物而在各地奔走，並且取得了成效。

儘管一部分的人早已知道，不過在這個場合重提這件事，是要確保所有人都知道魔物的威脅已經平定。

聽到陛下這麼說，會場人們的表情都歡快了起來。

不過，我因為太緊張了，完全沒注意到周遭人們的表情變化。

就在這時，我忽然發現站在後方的所長。

也許是做正裝打扮的緣故，他穿的是比平常更華貴的男士對襟長外套和背心。

當我正在想這還是第一次看到所長的盛裝模樣之際，視線就和他對上了。

所長挑起一邊的眉毛露出賊笑，指向接近講臺的地方。

我跟著所長指的方向看去，便發現了穿著騎士服的團長。

團長原本只是面無表情地看著陛下，但一和我視線交會，他的眼神就柔和了些。

這一瞬間，我的身體也放鬆下來，自然地揚起嘴角。

有餘力觀察四周後，我在團長附近看了看，找到了其他熟悉的面孔。

那是身上長袍比以往更加華麗的師團長和眼鏡菁英大人。

師團長發現我在看他，便小幅度地揮揮手，而站在他後面的眼鏡菁英大人登時緊緊地鎖起眉心。

我見狀，因為團長而浮現的自然笑容就變成了苦笑。

你在做什麼啦，師團長。

對師團長的舉動感到傻眼的同時，我繼續環視周遭，這次倒是發現了意想不到的人物。

那是莉姿。

奇怪？她怎麼也來參加了？

我睜圓眼睛看著莉姿，而她注意到我的視線後，臉上的笑意更深了。

我也加深笑意來回應她，並思索了一下。

本來以為亮相典禮一定只有大人們會參加，看來並非如此。

仔細一看，除了莉姿以外，還有少數幾個和她年紀差不多的人。

回想起來，雖然聽說舞會只限成年人參加，亮相典禮倒沒有這條規定。

所以莉姿才會來也說不定。

在我東看看西看看的時候，陛下的致詞結束，亮相典禮宣布散場。

我再次跟在陛下後面離開了大廳。

「辛苦妳了。」

「不會。」

「想必妳應該累了，舞會前就在房間稍作歇息吧。」

「好的，謝謝。」

「那麼晚上再會。」

我放鬆地呼出一口氣後，國王陛下便對我這麼說道。

體力上是沒問題，但精神上非常疲累。

明明時間並沒有多長。

陛下可能也理解我的狀況，因此立刻結束了話題。

人們似乎還留在大廳那邊，喧鬧聲都傳到了這裡，不過我還是接受陛下的提議，回到房間休息吧。

我拜託帶我來這裡的騎士帶我回房間。

雖然麻煩他人很不好意思，但我不太記得路，沒辦法一個人回去。

騎士答應得很爽快，於是我和來這裡的時候一樣排場盛大地回房了。

「我回來了。」

「歡迎您回來，辛苦了。」

回房後，瑪麗小姐帶著笑容過來迎接我。

我跟著她走到沙發坐下，其他侍女就端來紅茶。

她們是預料到我會回來嗎？

準備得真是太周到了。

我喝一口紅茶，放鬆肩膀的力氣後，站在門口附近的侍女像是察覺到什麼而走了出去。

有誰來了嗎？

我好奇地望著門口，侍女和外面的人講完話便往我這邊過來。

「不好意思在您休息時打擾，有訪客在外面等候。」

「訪客嗎？」

「是的。第二王子殿下與艾斯里侯爵千金來訪。」

不出所料是訪客，但聽到來訪者的名字我嚇了一跳。

莉姿就算了，還有第二王子殿下？

總之，讓對方在走廊等候也不好，我立刻請侍女把人帶進來。

「日安，聖。」

「日安，莉姿。」

「抱歉在妳這麼累的時候過來。我太想近距離欣賞妳這身盛裝了，於是便不請自來。」

我從沙發起身，和莉姿互行屈膝禮打招呼。

之所以比平常還要注重禮節，是因為意識到還有另一名訪客。

「原來是這樣呀。我不要緊的，妳別在意。那麼，這位是？」

「聖是第一次見到吧。這位是我國的第二王子……」

我覺得這種事最好還是早點問，便對莉姿開啟話端，而她馬上介紹了起來。

如同侍女事先告訴我的，和莉姿一起進來的少年是第二王子殿下。

他擁有和國王陛下一樣的紅髮與紅眸，相貌比陛下多了幾分柔和感。

可能是比較像王妃殿下吧。

「非常抱歉問候來遲，我名叫連恩．斯蘭塔尼亞。拜見『聖女』大人尊嚴，實在不勝榮幸之至。」

「殿下太客氣了。幸會，我是聖．小鳥遊。倘若您不介意，希望您跟我說話的時候可以輕鬆一點，太拘謹會讓我感到不自在……」

「這樣嗎？那麼就承蒙您的好意了。」

第二王子殿下接續莉姿的話語做起自我介紹，他的用字遣詞太過恭敬，讓我感到有點倉皇失措。

我之所以沒發出怪聲，是因為有禮儀老師的教導。

多虧如此，總算保住了形象。

既然與殿下的問候結束了，我便請他們兩人在沙發坐下。

我和莉姿坐在三人座沙發上，殿下則坐在我們對面。

都坐定後，侍女隨即奉上新泡的紅茶。

「非常抱歉，連我也擅自在您疲累的時候過來打擾。」

「不會……」

「我之前聽艾斯里侯爵千金說過許多聖小姐的事情，很希望有機會能與您見一次面。」

第二王子殿下坐下後，便帶著開朗的笑容說了起來。

聽殿下說，他是得知莉姿在亮相典禮後要來找我，才硬是跟了過來。

看來莉姿把我稱讚得太好了，我在殿下心中儼然是個聖人君子。

殿下靦腆地告訴我，他一直很想和這樣的聖人交談一次。

莉姿，妳到底都說了些什麼啊！

我邊聽邊在內心如此吶喊，這不能怪我。

畢竟，我又不是值得被稱讚成這樣的聖人或君子。

殿下的期待讓我感到戰戰兢兢，回了「原來是這樣呀」這句話後，殿下忽然換上認真的表情。

「我的兄長曾經讓小鳥遊小姐感到不快，真的非常抱歉。」

「兄長？喔……」

我還在想他說的是哪一件事，但「兄長」這個關鍵字讓我想起來了。

是指第一王子吧。

我完全忘了有這一號人物。

「國王陛下已經針對這件事向我道歉了，殿下請別放在心上。」

「感謝您如此寬宏大量。」

「不會，呃，是。」

殿下本來有些輕鬆的態度又變得拘謹生硬，害我語無倫次起來。而他發現後，便苦笑著小聲說了句「對不起」。

陛下之前已經為這件事正式致歉，對我來說一切都已經過去了；不過殿下似乎一直耿耿於懷。

真是守禮重義的人。

殿下不是當事人，他向我道歉實在有些奇怪；總之我還是接受他的道歉，希望他以後別再把這件事放在心上。

反正我本人都忘了，真的不用在意。

也許是看到殿下道完歉了，莉姿像是要打破沉重的氣氛似的用歡快的語氣說道：

「好啦，既然介紹過殿下了，接下來該輪到我了吧。」

「輪到妳？」

「哎呀，畢竟想來找聖聊天的可是我，殿下是自己硬要跟過來的嘛。」

面對話中帶刺的莉姿，殿下也回了個苦笑。

莉姿變得比平時還要爽朗直率，應該是為了改變氣氛吧。

而且從殿下的表情來看，他們兩人可能本來交情就不錯。

「話說回來，我真沒想到莉姿會來亮相典禮呢。」

「我們不會參加晚上的舞會，那不就只能趁這個機會欣賞聖的盛裝模樣了嗎？於是我就拜託父親讓我參加亮相典禮了。」

「要看我的盛裝模樣，茶會的時候我不是都會穿禮服嗎？」

「茶會的禮服不能拿來比，何況妳現在穿的是長袍耶。」

「是沒錯啦……」

「而且舞會的禮服一定比茶會的更華麗吧？我也好想見識見識哦。」

莉姿鬧彆扭似的這麼說好可愛。

讓我忍不住想凡事都順著她。

最後，由於莉姿他們明年就成年了，我們約好到時候要一起參加舞會。

雖然我不喜歡引人注目，但看到莉姿歡天喜地的模樣，便覺得參加也無妨。

侍女們聽到我和莉姿的約定好像也都很高興。

在這之後，我們三人聊了一下王立學園的生活等，聊著聊著就到了必須準備參加舞會的時間了。

由於實在太開心，一不小心就聊得太投入。

於是，我們約定下次也要找殿下一起開茶會，臨時的茶會就這樣結束了。

◆

夜幕逐漸低垂之際，有人來房間接我了。

我從沙發站起來，有些緊張地看著門口的方向。

而團長走進房間後，就睜大眼睛看著我。

「今天就麻煩您了。」

「嗯……」

就算我打了招呼，團長也依然凝視著我一語不發。

一定是這件禮服穿在我身上太突兀了吧。

我自己心裡很清楚，所以不敢問他禮服適不適合我。

現在穿的禮服比以往都更加華麗。

和白天穿的禮服不同，禮服到處都縫著寶石，一動就會亮晶晶地反射光芒。

光是裝飾寶石就夠華麗了，用的布料也很厚實。

布料會隨著光線呈現出金色，上面的花紋和長袍的刺繡是同一種樣式。

不僅如此，胸口和手肘處還覆蓋著好幾層蕾絲，每一處都裝飾著深金色緞帶和用立體刺繡的工法製成的花朵。

總結來說，毫無疑問比以往還要華麗，我沒自信撐得起這件禮服。

侍女們都稱讚很適合，我也不好意思否定她們。

但是，我身為一介平民，實在生不出自信來。

反觀團長就真不愧是他了。

他就算穿的不是平常的騎士服而是舞會的服裝，依然非常協調好看。

禮服使用的是帶有光澤感的紺青色布料，領口、前襟及衣襬都縫著以金色為主體的細緻刺繡。

內搭背心是白色布料，上面遍布著五顏六色的花草刺繡。

相較於騎士服極為華麗，但他穿起來不像我一樣有格格不入的感覺，這一定是他本身底子和教養都很好的緣故。

我不由得看呆了，真想稱讚一下剛才還記得打招呼的自己。

「……抱歉，因為太漂亮了，我一時看得入迷了。」

「咦？」

我們誰也沒有接話，就這樣靜靜互看了一會兒後，團長率先開口。

他拋來的這句話非常有威力，我不知該怎麼回應。

儘管次數不多，他每次看到我穿禮服的時候都不會吝嗇稱讚，只不過今天的攻擊力實在太高了。

精心打扮過的團長攻擊力大概有以往的三倍。

即使我在腦中胡思亂想還是止不住害羞，臉頰逐漸滾燙起來。

我打算講些什麼糊弄過去，結果不小心脫口說：

「霍克大人也是……」

「咦？」

「啊！不對！沒事！」

冷靜下來啊！

我差點講出什麼話了啊！

話說到一半我便意識到這句話有多羞恥，整個人都亂了陣腳。

只不過似乎沒有成功糊弄過去，團長的臉頰也泛起一陣微紅。

這種氣氛該如何是好啊！

在我們彼此都講不出話來時，傳來了小小的咳嗽聲。

「時間差不多快到了。」

「啊！對不起！」

發出咳嗽聲的是和團長一起來的文官。

回過神來，我這才發現周圍的侍女們都面帶笑容看著我們。

天啊——！

又、又出糗了……

舊事重演，我暗自在心中懊惱不已。

我淚眼汪汪地對臉色微妙的文官道歉後，一行人便前往舞會會場了。

舞會會場和早上的亮相典禮不同，在另一處大廳舉辦。

王宮裡最寬廣廳室的門和謁見廳的門一樣大，可能是和室內大小成正比吧。

許多人正在排隊等著進入大廳，我一邊排在這個隊列的最後面，一邊抬頭打量大門。

大廳的進場是從爵位最低的人開始，爵位高的人最後才進場。

除去主辦者國王，身為「聖女」的我理當排在最後面。

因此來到門口時，參加者大多都已經進場了。

進入大廳時，工作人員會唱名。

似乎是在對大廳裡的人們通知誰來了。

雖然是以來賓的身分參加舞會，毫無疑問會引起注目。

一想像許多人的視線投注過來的畫面，我就控制不住地緊張。

「妳在緊張嗎？」

「非常緊張。」

也許是察覺到我緊張得全身僵硬，團長擔心地這麼問道。

承認自己在緊張後，團長便安撫似的輕輕摸著我挽在他手臂上的手背。

我看向團長，映入眼簾的是他那沉穩的笑容。

彷彿是在告訴我不用擔心，讓我的肩膀微微放鬆了些。

沒錯。

這次和亮相典禮不同，有團長陪在我身邊。

從掌心傳來的溫暖獲得勇氣後，我往門前邁進。

「霍克邊境伯爵家，艾爾柏特・霍克先生。聖・小鳥遊小姐。」

在唱名的同時走進大廳，果不其然場內所有人紛紛將目光投了過來。

雖然我按照課堂上學到的露出笑容，還是擔心表情會不會很僵。

我將全副心神都放在大廳裡側的王座上，不去意識周遭的人們，這才總算克服了惴惴不安的心情。

隨著團長的引導走近王座之際，周遭人們都自然地退開。

這是「聖女」的威力嗎？

簡直像摩西分海一樣。

我眼神放空地走到王座前面停住腳步後，不久國王陛下便從王座旁邊的門進入大廳。

接著，陛下開始進行開場致詞。

致詞中也提到魔物減少一事，會場的氛圍很歡快，但我沒辦法一起開心。

想到接下來的事，剛放下的緊張感又回來了，我完全無暇顧及其他。

以上位者而言，陛下的致詞很快就結束了。他一揚起右手，正在待命的樂團便開始演奏音樂。

這一刻終於來了啊……

我在團長的陪伴下走到大廳中央。

一抵達指定位置，我便從團長的臂彎中抽回手，與他面對面站著。

以屈膝禮回應鞠躬的團長後，接下來就要跳舞了。

我邊回想舞步，邊配合音樂舞動身體。

即使腦中一團混亂，還是必須展露笑容，表現出優雅得體的一面。

就在我拚盡全力跳著舞的時候，團長出聲說道：

「聖。」

「是？」

「看著我好嗎？」

這麼說來，不好好看著舞伴的臉是不行的。

我抬起原本固定在正前方的臉，就看到面露甜蜜微笑的團長。

那熾熱的視線直直落在臉上，我登時踩錯了舞步；不過團長立刻扶住我，我才得以重新站穩。

內心都已經不堪負荷了，真希望他別發動這種攻勢。

「不好意思，謝謝您幫了我。」

「不，我才要跟妳道歉。因為看到妳好像很緊張，忍不住就這麼做了。」

我謝謝團長的及時幫助後，他也向我道了歉。

原來是故意的嗎？

我用眼神責備著，他則再次說了句「對不起」。

不過，帶著笑容道歉是怎麼回事？

雖然應該是因為跳舞時要保持笑容，未免也笑得太開心了。

與其說是為了化解我的緊張，其實更像是在捉弄我吧。

所以小小生氣一下也不為過吧？

一來一往之間，這支舞也臨近了尾聲。

太好了，感覺可以順利撐到最後。

「聖，我很高興今天有幸與妳跳舞，謝謝妳。」

「我也是，謝謝您。」

團長大概是感受到我鬆了口氣，在差不多要收尾的時候，他再次出聲這麼說道。

我回以笑容時，這支舞正好結束。

最後配合團長一起行屈膝禮之後，周遭響起了鼓掌聲。

◆

卸下重擔後，我跟著團長往牆邊走去。

擦肩而過的人們都是準備跳下一首曲子的吧。

畢竟是舞會，大家還會繼續跳下去。

我看到所長在前面。

他的打扮和以往截然不同，我有一瞬間沒認出來。

所長和團長一樣做舞會打扮，穿著比平常還要華麗的服裝。

這樣一看，所長也滿帥氣的。

所長從經過附近的侍者那邊取來飲品，然後遞給我們。

「辛苦啦。」

「謝謝。」

「謝謝所長。」

我輕輕舉起玻璃杯後，湊近到嘴邊。

原以為是酒類，沒想到是果實水。

跳完舞後喉嚨正渴，我很感謝所長這麼貼心。

「到底是在王宮學過，這不是跳得很好嗎？」

「真的嗎？我跳舞的時候一直想著不要出錯，整個人緊繃得要命。」

「跳得很好啊。不過，就算出點差錯也有艾爾幫妳嘛，有什麼好擔心的？」

「太多人在看了，我沒辦法那麼樂觀啦。」

我覺得所長不能因為自己不跳舞就講得如此輕鬆。

這麼想的似乎不只我而已，團長接著語出驚人地說：

「既然這樣，約翰你也去跳支舞如何？」

「喂喂喂，我都遠離社交多久了，別強人所難啦。」

「但你不跳的話……」

團長稍微壓低嗓音，對一臉抗拒的所長說了些什麼。

他將玻璃杯放在嘴邊，沒有把話說完便移開視線往旁邊看去。

所長和他一樣只用視線環顧周遭，然後大嘆一口氣。

「不過，我就是知道會變成這樣才來的。」

「確實是不出意料。」

他們散發著一股彼此心照不宣的氛圍，臉上浮現疲憊的表情。

這是怎麼了？

我好奇得也想環視周遭，但所長制止了我。

接著在清過喉嚨後，所長的氣質倏然一變。

「不介意的話，能不能請妳和我跳一支舞呢？」

見到所長用一本正經的態度邀舞，我被他那身氣質震懾住，一時之間回不出話來。

看到他臉上有些刻意的笑容，我還歪題地想著所長其實也是貴族這件事。

在我睜圓眼睛凝視了一會兒後，所長表情不變地小聲催促道：「快回答啊。」

我連忙伸出手放在所長遞來的掌心上，他便拉著我的手放進自己的臂彎。

「所長？」

「妳看看四周，但不要轉頭。妳被盯上了。」
「什麼？被盯上？」
被盯上這種說法聽起來也太危險。
我按照他說的只用視線掃了一下四周，便發現稀稀落落有幾個人正看著我們這邊。
聽所長和團長說，那些人是想認識我。
最快認識的方法就是跳舞，所以他們正虎視眈眈地盯著我，試圖找機會邀舞。
「比起跟陌生人跳舞，跟我跳好得多了吧？」
「您說得完全沒錯。」
我不得不完全贊同所長的意見。
和團長一起跳舞都那麼緊繃了，要我和其他人跳舞實在是不可能的任務。
不過，和所長跳舞就沒問題了嗎？其實我從來沒和他跳過舞，所以沒辦法肯定自己不會踩到他的腳。
萬一踩到了，事後再送他藥水吧。
下級ＨＰ藥水應該就夠了吧？
就在我思考這種事情的時候，又一首曲子結束，準備跳下一支舞的人們都移動到中央。
我們也一起走過去，並在途中告訴所長可能會踩到他的腳，預先向他道歉。

「對了，所長會跳舞嗎？」

「不曉得耶？我太久沒來舞會了，完全沒有把握。」

「是哦。那要是踩到腳的話，用下級ＨＰ藥水治得好嗎？」

「不要用在踩到腳這種小事上啦。我會努力別被妳踩到的。」

我們一邊因為藥水的事情笑著，一邊跳起了舞。

我覺得所長說沒有把握是騙人的。

雖然不同於和團長跳舞時的感覺，所長引導得很確實，跳起來很輕鬆。

或許是平時相處的時間多，我不會莫名感到緊張，總覺得比剛才跳得還要好。

也可能只是我的錯覺就是了。

「和所長跳完舞之後該怎麼辦？輪流和霍克大人還有所長跳舞就可以了嗎？」

「艾爾就算了，妳可別再找我啊。」

「所長打算自己溜走嗎？您溜走的話，我是不是就要一直和霍克大人跳舞？」

「是可以，不過艾爾應該去找援軍了吧。」

「援軍？」

「對，我看到他離開剛才的位置了。」

因為有餘力在跳舞中聊天了，我便問起等一下的事情。

為了避免其他人來邀舞，我還逃避現實地想說只要一直和他們兩人跳舞就好，但果然被所長阻止了。

我知道。

和同一個人跳好幾次舞會引起許多問題，這我在禮儀課學過。

既然如此，那我接下來必須做好和其他人跳舞的心理準備嗎？那倒也不是。

團長似乎去幫忙找援軍了。

說是援軍，究竟會帶誰來呢？

第三騎士團的人嗎？

我在腦中回想著那些認識的騎士們，曲子結束後便走回原本的位置。

接著，確實有幾張熟面孔在那裡。

雖然是出乎我意料的人就是了。

「日安，聖小姐。」

「日安，德勒韋思大人。」

我完全沒想到這個人會來舞會。

而且他的背後就是眼鏡菁英大人。

「聽說聖小姐有難，我們便來了。」

「這……太謝謝兩位了。」

滿面燦笑的師團長在換上舞會的服裝後，更是俊美得有如王子殿下一般。

不過，我一直以為師團長只對魔法感興趣，看到他出現在這裡真的嚇我一跳。

身為宮廷魔導師團的領袖，果然必須參與一定程度的社交活動嗎？

我雖然這麼推測，但其實不是。

他這次是聽了眼鏡菁英大人的話才難得來參加舞會的樣子。

平時眼鏡菁英大人似乎不會這麼做，這次怎麼突然要師團長參加舞會？我看向他之後，他只回了一句：「兄長交代的。」

兄長？咦？兄長？

無數問號在我腦海中閃過，但下一首曲子要開始了，我便和師團長一起前往中央。

從結果來說，師團長出乎意料地很會跳舞。

畢竟有戰鬥狂這個外號，不僅是魔法，連運動神經也很好的樣子。

不過，個性好像會反映在引導舞伴的方式上，感覺他的引導比團長和所長還要強勢。

不同的對象會帶來相當不同的跳舞體驗呢。

我平常頂多只跟舞蹈老師跳舞，這次真是上了一課。

和師團長跳完後，下一個是眼鏡菁英大人。

眼鏡菁英大人要跳舞似乎是極為罕見的事，我們走向中央的時候就已經引起了騷動。

師團長剛才也引起了小騷動，但完全沒得比。

這就代表眼鏡菁英大人的跳舞次數是真的很少吧。

順便說一下，眼鏡菁英大人的引導也讓我跳得很輕鬆，僅次於團長而已。

而且他還會在跳舞中跟我閒聊幾句。

我覺得他其實還滿會體貼別人的。

後來所長告訴我，這天和我一起跳舞的團長等四人是出了名的舞會稀客。

難怪有些投注過來的視線很可怕。

真希望可以一開始就告訴我這件事。

不明所以的情況下被人瞪著看對胃很不好。

至少讓我先做好心理建設啊……

無論如何，多虧有他們四人在，我才得以順利撐到舞會結束。

◆

亮相典禮結束後，再次回到寧靜的生活。

由於我的身分已經公諸於世，原以為會有一些不認識的貴族們來接觸，但周遭什麼事都沒發生。

「真是平靜呢。」

「怎麼啦？」

研究所的所長室裡，我送咖啡給所長時輕聲這麼說道，而正拿著杯子享受香氣的所長便抬眸看我。

「從亮相典禮到現在一點變化都沒有，總覺得好平靜啊。」

「喔，應該是王宮那邊有在處理吧？」

「王宮？」

聽到王宮在處理，我不由得偏過頭，於是所長仔細解釋給我聽。

舞會上多虧所長他們的保護，沒有人能接近我。

但是，大家當然不會就這樣放棄。

聽所長說，那些沒放棄的人想方設法要認識「聖女」，八成已經寄了不少茶會和舞會的邀請函到王宮裡了。

「可是我沒有收到任何邀請函耶。」

「不就是文官們一封一封鄭重拒絕了嗎？」

「是這樣嗎？」

「畢竟魔物都還沒討伐完全不是嗎？他們是用這個藉口在拒絕的吧。」

「說得也是。雖然最近都沒有遠征，一旦發現了黑色沼澤就會馬上出發吧。」

黑色沼澤的部分也還是老樣子，沒接到發現的通知。

不過現在確實都在待命中，以便發現時能立即出動。

討伐魔物當然優先於茶會和舞會，大家都能接受以討伐為由而無法出席的回覆。

「那麼，這陣子能專心投入研究之中了呢。」

「哈哈！是啊。」

我和所長可能不該笑得太早，這個盤算隨即破滅了。

當我準備離開所長室時，有人敲了敲門。

所長回應後，便看到僕從和文官走進來。

臉色凝重的文官帶來一個消息，要我立刻和所長一起前往王宮。

全新加筆短篇 1

某天早上，研究所廚房充滿比平時更歡快的氛圍。

原因在於有客人來了。

而且是女性，不是男性。

清一色男性的廚房傳出清脆嘹亮的嗓音。

這天是愛良妹妹來了。

「聖小姐，早安！今天請妳多多指教了。」

「早安，愛良妹妹。我才要請妳多多指教呢。」

吃完早餐後不久，愛良妹妹就來到了研究所。

因為我們之前曾約好要找時間一起做糕點。

我們今天都休假，終於可以實現約定了。

愛良妹妹進廚房就和廚師們打招呼，他們也滿面笑容地回應她。

總覺得大多數人的笑容都比以往還要燦爛。

是我猜的那樣吧。
因為有可愛的女孩子來了。
不過，我也不是不懂廚師們的心情。
休假模式的愛良妹妹雖然穿著方便活動的服裝，但那件說是洋裝也不為過的淡黃色禮服非常適合她。
繫上白色圍裙後又更可愛了。
當廚師們在收拾早餐的餐具和準備午餐時，我將愛良妹妹帶到廚房一角。
今天預定使用的材料已經備好放在工作臺上了，第一步就從計量材料開始。
「妳在日本的時候也常常下廚嗎？」
「這個嘛～學生時代很常下廚。」
「所以說，妳在來這裡之前……」
「完全沒下廚了呢。因為工作很忙碌，沒那種心情。」
正確來說是太忙了，導致沒有時間下廚。
如果有時間的話，應該也會下廚吧。
可能會做些烏龍麵和麵包之類的。
感覺揉麵團是很棒的紓壓方式。

「那麼，妳以前很常下廚嘍？」

「也不算是，只是偶爾做一下而已。」

「這樣呀？那妳分量都記得很清楚耶。」

「不是多難記的分量啦。」

愛良妹妹雙眼圓睜地對我表示佩服，我不禁有些不好意思。

這不是什麼值得稱讚的事情啦。

今天準備製作的磅蛋糕是基本食譜，分量簡單好記。

畢竟麵粉、奶油、砂糖以及雞蛋，全都是相同的分量。

不知是在哪看到這個分量的，好記到根本想忘也忘不了。

不過，來這裡做過幾次之後，我有稍微更改過分量。

餅乾的分量也一樣。

只有麵粉是其他材料的兩倍。

因為記得這個比例，我來到這個世界後才能用比較簡易的方式做出來。

有加果乾的糕點也是以基本食譜為基礎，反覆嘗試製作而成的。

我將這些事告訴愛良妹妹後，她還是稱讚說：「就算這樣還是很厲害。」

「糕點的材料分量比想像中還要多呢。」

「對啊，尤其是奶油和砂糖，真的是多得驚人。」

「就是說呀。這樣的分量可以做多少呢？」

「今天要多做一點，所以……」

我跟她說個大概的數字，她則是嚇了一跳。

不過，這其實是平常做的量的一．五倍左右。

我抱著既然要做就一次大量製作的精神，今天預計要多做一點。

而且這陣子都忙著討伐魔物，已經很久沒烤糕點了。

我打算把烤好的糕點分給所長、裘德和研究員們。

當然，除了烤好後要吃的份之外，我也會另外準備一些讓愛良妹妹當伴手禮帶回去。

將這些事告訴愛良妹妹後，她就高興地笑了。

「聖小姐的糕點在宮廷魔導師團也很受歡迎喲。」

「真的嗎？」

「是的。」

我送過幾次糕點給愛良妹妹。

聽說她都是趁工作的休息時間吃，還會分給其他也在休息的魔導師們。

最初分到糕點的人說甜度不高、很好入口，就這樣經由口耳相傳打開知名度。

現在有很多人在期待下次分到糕點的時候。

既然是這樣，那我應該比原先預定的多給愛良妹妹一些比較好。

不然的話，搞不好連她自己的份都會被瓜分掉。

「烤箱是在……」

「烤箱在這邊哦。」

「這個嗎？咦？柴火？」

將磅蛋糕麵糊倒入模具，而餅乾麵團則揉成棒狀後一一切成數公釐的厚度。

愛良妹妹拿起排列著餅乾的烘烤盤環視廚房尋找烤箱，我便告訴她位置。

她明白必須用柴火來控制火候後，不知所措地露出傷腦筋的表情看著我。

「放心吧。」

「啊！」

不需要擔心。

這裡可是有經驗豐富的廚師。

如同我說的，附近的廚師帶著笑容上前，從愛良妹妹手上接過烘烤盤。

「謝謝你。」

「不會。」

我道謝後，廚師也笑著回應。

像這樣的對話也是一種日常了。

其實我還沒辦法把火候控制得很好。

所以，我下廚時經常會拜託廚師幫我控制火候。

由於總是受到廚師們的照顧，我每次都會請他們吃完成的料理。

今天當然也有他們的份。

「要一段時間才會烤好，我們去喝個茶吧？」

「好！」

問愛良妹妹要不要喝茶後，她對我露出燦爛的笑容。

我找廚師拿了些熱水沖泡兩人份的草本茶，接著往餐廳走去。

今天喝的是洋甘菊茶。

因為喝起來很順口，每次都忍不住泡來喝。

「做糕點還滿耗費體力的呢。」

「對啊。尤其這裡沒有日本那些方便的工具就更是累人。」

愛良妹妹邊揉著上臂邊說，而我點頭這麼回道。

就算有方便的工具，做點心還是很耗體力。

更別說沒有工具的話，一定更加辛苦。

拿磅蛋糕來說，麵糊愈多，攪拌時就需要愈大的力氣。

如果沒有魔法，明天早上絕對會肌肉痠痛吧。

所以，我今天也在途中使用了魔法。

應該只有我會把魔法用在這種事情上吧。

不出所料，愛良妹妹也很驚訝。

一般不會想到有人會為了做糕點而使用強化身體的魔法吧。

順帶一提，廚師們不會依賴魔法來下廚。

一起做糕點的時候，他們都只靠自己的雙手來完成粗重的作業。

因為他們認為平時的鍛鍊很重要，以免會使用魔法的人不在就沒辦法下廚。

我在這些廚師面前實在抬不起頭來。

「我原本打算在妳這邊學到做法後自己也試試看，但想到烘烤的部分就覺得沒辦法一個人完成。」

「我也都是找廚師們幫忙呀。妳想一個人做嗎？」

「對，畢竟總是麻煩其他人也不好。但仔細一想，我連做糕點的地方都沒有，這件事打從一開始就不可能實現。」

「這樣啊。」

做糕點的地方嗎？

水的話，利用附魔過的核就能重現類似自來水的設備。

最重要的是，愛良妹妹會使用水屬性魔法，只要有水槽就不成問題了吧。

不過，爐灶該怎麼解決啊？

和水一樣使用附魔過的核，就能做出類似瓦斯爐的設備嗎？

只要做得出這個，應該就有辦法打造小型廚房。

「附上火屬性魔法的附魔效果的話，不知能不能做出瓦斯爐之類的設備耶？」

「啊！有類似的東西！不過，那只能用來燒熱水而已。」

我將想法告訴愛良妹妹後，她便告訴我已經有類似的東西了。

然而，那東西的火力只夠燒水而已。

雖說是熱水，其實還有點偏溫。

有沒有辦法稍微提高一點火力呢？

在我思索之際，廚房那邊就飄來了香味。

看來糕點烤得差不多了。

暫且打住話題後，我和愛良妹妹一起往廚房走去。

◆

我走在第三騎士團隊舍的走廊上，前往團長的辦公室。

手上提著和愛良妹妹一起做的糕點。

雖然團長不喜歡吃甜食，但這次是用基本食譜做出來的樸實糕點，應該沒問題吧。

想到這裡，我就來分贈糕點了。

我沒有不來的選擇。

之前得知團長不喜歡甜食後，我有一陣子沒帶糕點去找他，結果他一臉落寞的模樣。

他用那張難過的表情注視著我，我實在招架不住。

走近辦公室後，守在辦公室門邊的人一發現我，便主動通報給裡面的人知道。

我走到門前，立刻被帶了進去。

一開始都必須在門前說明來意，再等待對方進去通報，最近則變成ＶＩＰ待遇了。

我偶爾會想，這樣沒問題嗎？但既然沒人有意見，那應該沒問題吧。

我希望是如此。

「您好。」

「今天怎麼來了？」

剛踏進辦公室，今天一樣笑容眩目的團長就過來迎接我。

我舉起掛在手臂上的籃子。

「我和愛良妹妹做了糕點，便帶來一些分給您。」

「好久沒吃到妳做的糕點了呢，謝謝。」

團長欣喜地笑著接過籃子，交給室內的僕從。

僕從動作熟練地拿著籃子走出去。

應該是去備茶吧。

問我為什麼知道？

因為每次帶糕點來這裡都是同樣的流程。

「妳也要吃吧？」

「團長不介意的話。」

看吧。

我按團長的意思在迎賓沙發上坐下。

過一會兒，僕從就推著推車回來了。

放在推車上的茶壺飄出好聞的紅茶香。

「今天是磅蛋糕和餅乾啊。」

「是的。這是用基本食譜做的，對霍克大人來說可能有點甜就是了……」

「沒關係，我就嘗嘗吧。」

僕從將倒入杯子的紅茶、切片磅蛋糕和餅乾裝進盤子端到桌上。

換作平常的話，我會另外特別做一份給團長，甜度比別人吃得還要低。

但今天帶來的糕點沒有區分，大家都一樣。

我是覺得沒問題，不過還是擔心不合他的胃口。

因此，我先給團長打預防針，只是他看起來並不在意，將磅蛋糕送入口中。

我緊張地注視著團長咀嚼，等待他的感想。

不曉得如何？

「很好吃。」

雖然只有一句，但團長帶著笑容說出的感想讓我撫胸鬆了口氣。

安心下來後，我也拿起磅蛋糕的盤子。

「妳和御園小姐做的嗎？」

「對，我們之前曾約好要一起做糕點。」

「這樣啊。」

「然後這次是用基本食譜做的，砂糖的分量比以往多。」

「所以才會甜度比較高。確實如妳所說是滿甜的，但還可以接受。」

「太好了。」

聽到團長說可以接受，我也能放心了，只是下次起送給團長的那一份還是要減少砂糖的分量。

慎重起見，我問了一下團長，而他欲言又止，過一會兒才帶著歉意點點頭。

我跟他說，要是他覺得一般甜度比較好，那我以後就按照這個甜度來做；但看來他還是喜歡甜度低的糕點。

「抱歉，還讓妳這麼費心。」

「不會啦，我希望您覺得糕點好吃，把偏好的口味告訴我才是幫了大忙。」

「謝謝。不過，老是收妳的東西也不好意思……」

團長用手抵著下頷，低聲說了句不太妙的話。

要來了嗎？應該是一如往常的那個對話吧？

「妳有沒有想要的東西？」

「我沒什麼想要的，您有這份心意就足夠了……」

不出所料，團長口中冒出了那句老話。

這陣子，團長一有機會就問我有沒有想要的東西。

現在會從東西的種類問起已經算是有進步的了。

畢竟他一開始是……

「聽說最近很流行緊身裙，我送妳新的禮服怎麼樣？」

「不用了……我不能收那麼貴的東西當作糕點的回禮……」

這件事從一開始持續到現在。

我每次都拒絕了，但他似乎還沒放棄。

沒錯，他一開始問我的時候，問的是哪種款式的禮服比較好等，話題都圍繞在禮服上。

我拒絕後，他接著把話題圍繞在飾品上。

飾品的價位不一，說不定比禮服還要便宜。

但是，我總覺得一點頭就會收到價格超過禮服的昂貴飾品，想想我就怕得不敢點頭。

所以我今天也拒絕了。然而不同以往的是，今天還有後續。

「這是我的任性……」

團長遲疑地說著，垂下眉梢看著我。

所謂的任性，指的是什麼呢？

要我答應他送我禮服嗎？

不對，把飾品算進來的話，他是希望什麼都好，就是想送我禮物吧？
這算是任性嗎？
好像只有我單方面獲益呢。
我傾著頭催促團長說下去，他則緩緩開口說：
「妳平常穿的衣服也可以，我只是希望妳能穿上我挑選的衣服……」
「平常穿的衣服嗎？」
「對。」
團長看似覺得難為情地移開視線，同時這麼說道。
我把同樣的話複述一次確認後，他便拋來像是在窺探我的眼神。
那眼神宛如被拋棄的小狗，我打算拒絕的想法產生了動搖。
怎麼辦？
日常服的話，收下應該不要緊吧？
「聖喜歡藍色嗎？」
「藍色嗎？」
「沒錯。我覺得淺藍色的布料很適合妳。」
藍色也有五花八門的色調。

團長指的是哪一種淺藍色呢？

水藍色、天藍色、勿忘草色……

還有白堇色這樣的顏色。

那種顏色可能更接近團長的眸色。

說起來……

我一瞬間想起這個國家的風俗習慣，心臟怦通一跳。

不，等等。

先冷靜一點吧。

又還沒說是團長的顏色。

我察覺到臉頰湧上一股微熱，將視線垂到腳邊。

「這、這個嘛，我喜歡藍色。」

「這樣啊！」

「呃，若是淺藍色的布料，跟藍色礦石的飾品好像會很搭呢。」

回答問題後，聽到團長似乎很開心的聲音。

我可能不該因為心慌意亂，而連忙講起其他話題。話一說出口，我頓時有種自掘墳墓的感覺。

應該不是我的錯覺吧。

為什麼我要在這時候提起飾品啊！

即使我在內心吐槽自己，也為時已晚。

團長還高興地低聲說了句「搭一顆藍寶石也不錯」這種話。

不不不，藍寶石太貴了。

啊！真是的！

快、快找找別的話題……

對了！

「團長您……」

「嗯？」

「團長您的日常服哪種顏色比較多呢？」

「我的？這個嘛，深色居多吧。」

「深色嗎？」

很好，把話題帶離我的衣服了。

不過，深色啊？

以團長的相貌來說，穿什麼顏色都很適合吧。

我思考到一半，團長就拋來一個問題。

「聖覺得哪種顏色適合我呢？」

「咦？我想想哦……」

那似乎期待著什麼的眼神有點炙人。

是我想的那樣嗎？

要我親口說出來嗎？

說出來也太令人羞恥了。

我感覺到臉頰的溫度上升，苦惱著該怎麼做才能逃離現場。

◆

「咦？那個是聖做的餅乾吧？」

冷不防從背後傳來的嗓音，讓愛良的心臟猛跳起來。

她現在正好和幾個同事一起休息，並不是做了什麼壞事。

然而，一聽到宮廷魔導師團師團長尤利的聲音，還是令她有些坐立難安。

她和同事循著聲音抬頭看過去，發現副師團長埃爾哈德也在。

腸胃一帶越發絞痛起來。

被上司看到自己在休息的模樣，讓她極為緊張。

「您看得出來呀。」

「唔~因為看得到聖的魔力啊。」

愛良拿給大家休息時吃的茶點確實是聖做的。

尤利只看一眼就識破，對此感到驚訝的同事不禁發出讚嘆聲，而尤利則若無其事地說自己看見了餅乾所蘊含的魔力。

尤利看得到魔力是眾所皆知的事實，但愛良沒想到他連產品裡的魔力都看得到。

「欸，我可以吃一個嗎？我太累了，好想吃個甜的哦。」

「呃……」

尤利和埃爾哈德是一起從外頭回來的，代表王宮那邊剛開完會吧。

聽到疲憊的尤利這麼要求，同事臉色為難地看向愛良。

接收到視線的愛良戰戰兢兢地說了聲：「請用。」然後把餅乾的盤子遞給尤利。

「嗯，真好吃。」

尤利用食指和拇指拿起一塊餅乾扔進口中。

他一含住餅乾便揚起嘴角，看來很合他的胃口。

聽到尤利的感想，愛良撫胸鬆了口氣。

接著，她發現埃爾哈德正看著尤利吃餅乾，連忙問他要不要吃吃看。

就一個人沒吃到會讓她感到心慌意亂。

問完後，她立刻不安地想著這麼做是不是不妥。

埃爾哈德好歹是上司，而且還是宮廷魔導師團的第二高手。

她膽戰心驚，怕被認為是對上司不敬。

不過，與愛良的心情相反，埃爾哈德將修長的手指伸向餅乾。

儘管他表情未變，輕輕點頭就代表他也覺得好吃吧？

正當愛良想到這裡時，尤利開口說：

「這是妳跟聖一起做的嗎？」

「咦？」

「有些餅乾也含有妳的魔力哦。」

「啊，是的。」

尤利突然指出這一點，愛良連忙稱是，於是他欽佩似的「哦～」了一聲，舉起餅乾仔細端詳。

一起休息的魔導師們也略顯訝異地看著愛良。

宮廷魔導師團的貴族眾多，他們都以為愛良和其他貴族千金一樣不會下廚。

「原來愛良也會做餅乾啊。」

「是的，懂一些簡單的做法。」

「那妳下次能不能做給我吃？我很喜歡甜食呢。」

「呃……」

聽到尤利的提議，愛良垂下眉梢。

做餅乾是無所謂，問題在於製作的場地。

聖所在的藥用植物研究所有廚房，宮廷魔導師團卻沒有。

雖然和聖說一聲就能借用廚房，但也不能太常借。

因此，愛良不知該如何回答。

「你別強人所難。」

「咦～？」

「想吃糕點不會自己去買嗎？」

「外面賣的太甜了啦。」

經埃爾哈德一說，尤利便噘起嘴。

面對正副師團長之間的爭論，愛良等人都不知所措地飄忽著視線。

「說到底，你要在哪裡做啊？」
「問我哪裡……」
「這裡可沒有烤糕點的設備啊。」
「喔～說得也是呢。」
儘管埃爾哈德大概不是察覺到愛良在煩惱什麼，他還是提醒了場地的問題。
尤利似乎這才意識到設備的問題，便一臉遺憾地垂下肩膀。
然而，他表情又倏地一亮。
「那這裡也增建不就行了嗎？」
「什麼？」
「只要增建設備的話，就能烤糕點了吧？」
尤利看向愛良，一副自己想到好點子的模樣。
愛良怯生生地點頭後，埃爾哈德的眉間緊皺了起來。
這是當然的。
增建設備要耗費不少錢。
但宮廷魔導師團沒有那樣的預算。
「你知道增建設備要花多少錢嗎？」

「咦～拿不出來嗎？」

「拿得出來才怪。」

看到埃爾哈德一口回絕，尤利再次噘起嘴。

旁邊的愛良則思索著。

的確，要建造使用柴火的烤爐需要進行一定的工程。

只不過，如果是聖當時提到的附魔道具呢？

「請問……」

愛良一開口，視線便集中到她身上。

緊張歸緊張，她還是向周遭說明了與聖討論的內容。

像是現在即使有賦予火屬性魔法的道具，但火力只夠燒熱水，不知道能不能做出火力強一點的東西。

如果有那種東西，或許就做得出箱型烤爐。

愛良不曉得使用附魔的核和廚房工程費哪個比較貴，總之就是儘量把這樣的想法傳達給大家。

果不其然，雖然埃爾哈德攏起眉間，不過或許是談到與魔法有關的話題，尤利非常躍躍欲試。

到頭來，埃爾哈德顧及預算並沒有同意；然而在很久之後，尤利竟自己出資開發出箱型烤爐。

收養尤利的家族提供豐厚的資金，他本身又會使用高等級火屬性魔法，這種壯舉也只有他才能達成。

由於製作成本太高，沒辦法流通到市面上，但尤利在完成後露出非常心滿意足的表情。

不過，尤利抓著那兩人追問許多日本電烤箱的細節，倒是讓那兩人累得筋疲力盡。

而完成的箱型烤爐第一號，自然是設置在宮廷魔導師團裡。

全新加筆短篇　2

「請問怎麼樣？」

「很好吃哦。」

「呃，人家不是在問那個啦。」

我向吃完義大利麵的騎士出聲詢問，但得到的回答和我期待中的不一樣。

忍不住回以苦笑後，另一個騎士立刻發出吐槽。

被吐槽的騎士則笑著搔搔頭。

藥用植物研究所的餐廳比平時還要多人，相當熱鬧。

平時頂多只有研究所的相關人員而已。

今天第三騎士團的騎士們來這裡是為了協助某項調查。

所謂的調查，是與在克勞斯納領發現的古代小麥有關。

用克勞斯納領的古代小麥製作的料理，具有與恢復ＨＰ相關的效果。

這部分我在克勞斯納領的時候就發現了。

但是，目前還不清楚是單純的恢復效果，還是自然恢復量增加的效果。

在這次的調查中，我打算查出效果詳情。

調查本身其實可以像平常一樣找研究員們來實驗就好。

只是古代小麥的功效和恢復ＨＰ有關。

比起研究員們，平時會消耗ＨＰ的騎士們應該更容易察覺到細微的變化，第三騎士團的人們便答應過來幫忙了。

不過，這只是場面話。

想吃義大利麵其實才是騎士們的真心話。

「好好注意狀態資訊啊，我們畢竟是來幫忙做調查的。」

「沒錯～」

「每次ＨＰ恢復的時候都要說哦。」

「好——！」

「明白！」

我提醒了一下，宏亮有力的應答聲便此起彼落地響起。

由於大家都吃完了，下一步就是確認狀態資訊。

只見騎士們打開狀態資訊的畫面，仔細觀察ＨＰ的變化。

負責記錄變化的是坐在各桌的研究員們。

我請騎士們一看到ＨＰ出現變化，就要告訴同桌的研究員。

「辛苦啦。」

「謝謝。」

接下來只要做紀錄就好，我便走到餐廳角落的桌子準備用餐。

我在這次調查中負責指揮現場，所以把自己的用餐時間往後延了。

同桌的還有所長和團長，我走過去後，他們就慰勞了幾句。

我原本打算自己一個人吃，但所長和團長似乎特地等我一起用餐。

坐下來長吁一口氣後，廚師就端來三份義大利麵。

「抱歉帶了這麼多人過來。」

「不會，協助的人多一點也有助於調查嘛。」

「但妳準備起來很辛苦吧？」

「啊哈哈哈……」

聽到團長的問題，我笑著糊弄過去。

要是說得太直白，以團長的個性會放在心上吧。

但他好像還是察覺到了，我看到他的眉梢緩緩垂下。

對不起，我沒辦法說不辛苦。

調查的準備相當累人。

我去第三騎士團募集參加者的時候，幾乎所有騎士都舉手了。

義大利麵真是受歡迎。

而這似乎是因為，一起去克勞斯納領的人們把義大利麵的美味宣揚出去了。

當然，想吃新菜色的不只騎士們而已。

以所長為首的研究所人們也很有興趣。

因此，廚房為了調查的準備而陷入一片忙亂。

第一次是為了教研究所的廚師們學做義大利麵。

第二次是進行調查的準備。

我也很努力地製作義大利麵。

第二次的時候我只能看著，以免增強五成的魔咒又發威，所以我還不是最累的。

廚師們是真的非常辛苦。

晚一點送些糕點給他們吃吧。

既然為了調查而採買了大量古代小麥，要不要來做個可麗餅呢？

反正很簡單。

「和艾爾說得一樣，配料明明只有藥草卻很好吃耶。」

「對吧？」

看來所長也從團長那邊聽說過義大利麵的味道。

對於所長的感想，團長表示贊同。

「謝謝。不過做調查的話，不要放配料或許比較好……」

「那會引起暴動吧。」

如果要調查古代小麥的功效，我覺得乾脆不要放配料會更好。

但是，單吃帶有鹹味的麵好像有點怪。

這麼一想，我還是加了配料在裡面，而這個決定似乎是正確的。

暴動……暴動嗎？

聽到團長說會引起暴動，我不禁往騎士們的座位看去。

總不是指團長會引起暴動吧？

另外，所長……

請您不要邊咀嚼義大利麵邊點頭。

「『狀態資訊』……果然看不出來啊。」

「是因為ＨＰ沒有減少才沒變化吧？」

「這麼說也沒錯啦。」

吃完義大利麵後，所長看著狀態資訊嘀咕道。

我們一直都坐在辦公室工作，幾乎碰不到ＨＰ減少的情況。

只要服用瀉藥等輕毒就會出現變化，但我不是很想這麼做。

我事前就鄭重拒絕了研究員提供的這個建議。

我請騎士們先去做訓練減少ＨＰ再來參加調查。

因為這個緣故，煮得偏多的義大利麵都被掃空了，這一點在我的意料之外。

我可能低估了騎士們的食慾。

下次調查時就再多準備一點吧。

沒錯，調查不是只有今天而已。

預計今後會更換料理來進行調查。

料理的種類是否會導致效果時有時無？還是只要使用古代小麥就一定會有附加效果？

這些問題我都要查清楚。

於是便持續進行古代小麥的調查。

雖然每次都落得必須製作大量料理的境地，但辛苦是有回報的。

我們發現使用古代小麥的料理會追加ＨＰ自然恢復量增加的效果。

根據這個結果，王宮要重新評估宮裡使用的小麥。

騎士團隨身食品所使用的小麥似乎已經改成古代小麥了。

討伐魔物時經常會吃隨身食品，多了ＨＰ自然恢復量增加的效果是好事一樁吧。

研究所餐廳使用的小麥則和以往一樣。

畢竟研究員們平常不會減少ＨＰ，沒必要特地讓大家吃具有ＨＰ自然恢復量增加效果的料理。

只不過在我原本的世界，古代小麥據說對身體很好。

除了烹飪技能賦予的效果以外，我有點好奇在這個世界能不能看到那樣的效果。

「怎麼了？」

「沒事，稍微想了一下事情……」

「妳在想什麼呢？」

我一邊歸納這次的調查結果一邊思索著，這時所長向我搭話。

所長瞥了眼我手邊寫到一半的報告書，問我在想什麼。

我說出自己很好奇在撤除烹飪技能的情況下，古代小麥會不會像藥膳那樣具有對身體很好的效果；所長聽了便用手抵著下頷說：

「不曉得耶？我覺得有，但必須做過調查才可以確定吧？」

「說得也是呢。」

最後得出必須做調查的結論。

基於藥用植物研究所的性質，以研究題目來說沒有問題。

只是那種效果不會像烹飪技能賦予的效果一樣立即見效，大概需要耐著性子慢慢研究才行吧。

我還有各種不同的研究在進行中，一天的時間有限，要多做這個題目實在有困難。

雖然想到了好題目，但只能暫時擱置了。

做出這個結論後，我再次回去撰寫報告書。

全新加筆短篇　3

「聖～妳有訪客哦。」

「知道了～」

「我把人帶到接待室了。」

「謝謝。」

「所長也會過去哦。」

「連所長也要？」

我在研究室製作藥水時，裘德就進入室內對我這麼說道。

所長也要一起會客的話，表示是王宮的文官來了吧？

從克勞斯納領回到王都後，經過了一個月。

即使回來了，還是常常在王宮的要求下外出討伐魔物。

與其說是討伐魔物，淨化黑色沼澤這個說法應該比較正確。

目前為止因應支援所前往的外地都一定有黑色沼澤。

對於「聖女」來說，討伐魔物和淨化黑色沼澤是本業吧。

但對於任職研究所的我來說，那就像是副業一樣。

就算回來後還是不斷出門討伐魔物，在我的認知中還是副業。

可能是因為這個認知，每次要討伐魔物的時候，王宮的文官必定會來研究所一趟。

這是為了向我的直屬上司——所長仔細說明事由。

如果裘德說的訪客是王宮的文官，那就是討伐魔物的支援請求了吧。

這次會去哪裡呢？

「久等了。」

我走進接待室，便看到所長已經來了，他和文官相對而坐。

文官平時只會坐著輕輕鞠躬，今天卻站起來恭敬完整地回了一禮。

呃，發生什麼事了嗎？

我瞥了一眼所長，但他只是沉默地聳聳肩。

總之，我也回一禮，然後在所長旁邊坐下。

根據文官所說，果然是討伐魔物的請求。

這麼說來，又有哪裡出現黑色沼澤了嗎？

黑色沼澤遍布各地，數量還真不少。

「是發現黑色沼澤了吧，這次是哪裡呢？」

「不是，這個，呃……」

我以為一定是發現黑色沼澤了，結果問下去後，文官便一臉難以啟齒的模樣。

他的視線在桌上飄忽不定，似乎是苦於不知該如何回答。

究竟是怎麼了？

我看向所長，想說他有沒有頭緒，但他看起來也不知道。

我們面面相覷，一起偏過頭。

一會兒後，也許是終於整理好思緒了，文官緩緩開口道：

「非常抱歉，這次並沒有發現黑色沼澤。」

「那麼，這次是單純的討伐魔物嗎？」

「是的。」

我確認了一下，文官就點點頭。

他的視線依然定在桌上。

而且他的臉色好像有點差。

該不會是沒發現黑色沼澤，卻因為大量魔物橫行而導致當地陷入嚴重的事態之類的吧？

我從文官的表情猜測這次請求支援的背景，文官用彷彿是硬擠出來的聲音開始說明。

從結論來說，當地並沒有陷入嚴重的事態。

相較其他地方，這次預計要前往的地區反而非常和平。

根據王宮的調查，雖然多多少少有魔物出沒，不過孳生的數量少到就算沒有騎士團也能解決。

然而，在騎士團就已經戰力過剩的情況下還要我支援是有埋由的。

嗯，就只是建立威望而已。

聽了理由後，我忍不住露出和藏狐一樣的死魚眼表情，這不能怪我吧。

「聖小姐事務繁忙，要因為這種理由請您移駕外地實在是萬分抱歉……」

文官惶恐地俯身垂頭，繼續往下說明。

在這種非常時期，僅出於建立威望的目的就要「聖女」出征，土宮也感到很不快。

所以王宮至今為止找了許多理由推掉對方的請求。

但對方遲遲不肯放棄，兩邊持續進行攻防。

對方的地位很高更是王宮無法強勢回絕的原因之一吧。

就在這時候，「聖女」持續一段時日的遠征中斷了。

對方貴族鑽了這個空子，趁機強行要求王宮安排「聖女」出征。

王宮失去黑色沼澤這個最強的擋箭牌，終究不得不妥協。

從文官精疲力竭的模樣，看得出這場攻防戰非常辛苦。

我不經意地嘆口氣，文官的臉色就從鐵青轉為蒼白。

抱歉，我並不是對文官感到傻眼。

而是對方貴族。

我瞥了眼所長，他正用憐憫的眼神看著文官，似乎對他的苦勞十分感同身受。

「這種事常發生嗎？」

「這種事是指？」

「就是……所謂的動用強權？」

「喔，是啊。」

我稍微壓低聲音詢問所長，他則泛起苦笑點了點頭。

即使壓低聲音，坐在正對面的文官還是把我們的對話聽得一清二楚。

也許是感到尷尬，他的身體又瑟縮起來。

那麼，該怎麼辦好呢？

不接受委託的話，夾在中間的文官們會倒大楣吧。

所以只要所長答應，我也很願意去。

不過，對方的態度讓我耿耿於懷，不太想這麼乾脆地點頭。

像這樣的事情，在日本的時候也發生過啊。

在我思索之際，所長從文官那邊得知這次要去的是哪個地區。

得知地點後，所長似乎聯想到許多事情，看起來對文官更感到同情了。

聽說對方是出了名的仗勢欺人，自己想做什麼就非要達成目的不可。

「那個地區的名產是什麼呢？」

「名產嗎？」

「是的。我想說反正都要去了，倒不如好好享受那邊的名產。」

畢竟對方是很執著於建立威望的人。

去那邊之後，他絕對會找各種理由強迫我出席交際場合。

雖然是受到招待的一方，不同於日本那時候，但感到麻煩的心情是一樣的。

這次的遠征很令人提不起勁，沒有期待的事物實在撐不下去。

既然都要去了，那就好好享受當地的名產吧。

之前去過的地區都有形形色色的物產，這次的地區究竟會有什麼呢？

「說到那裡的名產，應該是豬肉吧。」

「豬肉？」

「是的。那裡土地豐饒，飼養了很多豬隻。」

也許是看我和所長一起聊起比較正面的遠征話題，文官的臉色稍微好了一點。

他帶著微笑告訴我們當地有哪些名產。

畢竟是地位很高的領主，治理的領地也相當豐饒的樣子。

能夠飼養豬隻的話，代表那塊領地同時供應得起領民的食物和家畜的飼料，正是豐饒之地的證明。

既然飼養很多豬，說不定還會有火腿和香腸呢。

這讓我有點期待起來了。

「怎麼啦？」

「我在想有養豬的話，應該也會有豬肉料理吧。」

「喔～這樣啊。」

所長朝我問了一聲後，我對他露出喜孜孜的笑容，而他也勾起了賊笑。

我只是單純在期待對方會招待什麼料理，所長的笑容究竟是什麼意思呢？

不過，我們彼此都非常清楚對方在想什麼吧。

倘若買到了豬肉，要在研究所做豬肉料理也不是問題。

我們一邊用交會的視線對話，一邊轉向文官。

「好吧。」

「我明白了，這趟遠征我會一起去。」

「實在是感激不盡！」

我一答應文官，他就感激得差點要跪下。

於是，在聽了更詳細一點的情況後，我們便散會了。

文官準備離開之際，我把原本要當作今天點心的磅蛋糕送給他。

畢竟和那個貴族打交道一定非常辛苦。

希望吃點甜食能讓他的心情多少變好一點。

文官收到磅蛋糕時非常開心。

◆

我在森林入口前下馬車，伸個懶腰舒展身體。

放下抬起的手臂後，背後傳來用力踩過土地的聲響。

回頭一看，映入眼簾的就是反射著陽光的金髮。

「累了嗎？」

「沒有，目前還好啦。」

我向團長微微一笑，他也露出了笑容。

今天終於來討伐魔物了。

真是費了好一番工夫才來到這裡啊……

儘管是因應王宮的支援請求而來到這個地區，也許該說是不意外吧，這裡很和平，並沒有因為魔物太多而造成麻煩。

和行前得知的情況一樣。

並且不出所料，抵達領主的城堡後就忙著參加各種交際活動。

對方要我在城堡待到討伐魔物的準備就緒為止，結果拖來拖去，整整一週都沒踏出城堡一步。

別說討伐魔物的準備了，根本沒什麼魔物不是嗎？

在我忙著出席交際活動時，騎士們都已經調查完畢了。

雖說本來就清楚這一點，但什麼事都不做實在讓我心裡很不踏實。

於是我斷然拒絕領主的勸阻來到了森林。

不過，根據騎士們的調查，這座森林也沒什麼魔物。

我看還是掃蕩幾次後就當作已經完成鎮壓，早點回王都比較實在。

回去後搞不好有下一座黑色沼澤在等著我。

來這裡的騎士們也一致如此認為。

「果然沒有耶。」

「那還用說，因為有妳在啊。」

我們分成幾組進入森林，走了幾十分鐘。

一隻魔物都沒有遇到。

我脫口說出這句話後，和我走在一起的騎士就吐槽了。

其他騎士聽完也偷偷笑了起來。

大家平常不會這樣閒聊打趣，但由於魔物實在太少了，每個人心情都有些放鬆。

連團長臉上都泛著苦笑。

「對了，昨晚吃的帕司達是聖做的嗎？」

「是呀。」

「果然沒錯啊。那個真的很好吃耶。」

如同騎士所說，昨天我做了義大利麵給騎士們當晚餐。

那是用雞蛋和培根做成的培根蛋奶麵。

雖說豬肉是很有名的名產，但這裡也有養牛，所以有生產鮮奶油和起司。

而且還有養雞，有雞蛋可用。

培根是城堡的廚師自己做的。

於是，我借用城堡的廚房做了晚餐。

在克勞斯納領的時候也做過義大利麵料理，不過醬汁不一樣，我向領主表示有一道新料理想試做看看，領主便欣然借出廚房了。

當然不能忘了要招待領主一家享用。

畢竟這位領主是把「聖女」叫過來建立威望的，吃到「聖女」親自做的料理讓他開心得不得了。

多虧如此，他還提供了足夠的材料讓我做給騎士們吃。

這就是所謂的雙贏(Win-Win)關係。

開個小玩笑啦。

「豬肉真的很好吃耶～」

「就是說啊。」

「不知道王都那邊買不買得到。」

如果可以在王都買到豬肉，我還有其他料理想試做看看。

說出這件事後，走在旁邊的團長頓時雙眼一亮。

當然騎士們也是。

那邊那位，請不要用盯著獵物的眼神看我。

他們問我到底有哪些料理，我便回答一些用研究所的材料就做得出來的料理。

如果能取得更多不同的材料，還有其他料理可以做就是了。

這個世界不像原本的世界那樣發展得很先進，要找齊材料太難了。

儘管如此，團長他們還是對新料理抱持無限想像。

到頭來，我們只在森林深處打倒少少幾隻魔物，幾乎沒遇到什麼魔物。

重複幾次後，我們便向領主宣布討伐結束，啟程回王都了。

雖然領主曾稍作挽留，但他已經成功請到「聖女」。有了這項功績，他也不好再強行留住我們。

「我回來了。」

「歡迎回來。」

回到王都的隔天，休息一晚緩解長途跋涉的疲憊後，我來到所長室打聲招呼表示從遠征回來了。

我簡單報告這次的討伐經過，而所長聽到意料中的內容便笑了笑。

「這樣啊，辛苦妳了。」

「謝謝。」

「然後呢？有好好享受到名產之類的嗎？」

「有！」

看來所長還記得出發前我跟他聊過的事情。

既然他問到名產，我便把領主招待過我的豬肉料理告訴他。

那些都是以前斯蘭塔尼亞王國就存在的料理，所長也邊聽邊附和：「我吃過那道菜。」

「新料理呢？」

「做出來了哦。跟之前聽說的一樣，是很豐饒的地方，有很多不同的畜產品呢。」

「這樣啊，那妳做了什麼樣的料理？」

「一種叫做培根蛋奶麵的帕司達料理，用雞蛋和煙燻豬肉煮好醬汁再和麵拌在一起。」

「煙燻豬肉啊……」

我解釋了什麼是培根蛋奶麵後，所長聽到材料就露出為難的表情。

王都買得到煙燻豬肉，但有點貴就是了。

「領主送了煙燻肉當伴手禮，夠我們做幾次。」

「真的啊！」

也許是遠征的回禮，我們要返回王都時，領主送了許多名產呢。

其中當然有比較耐放的煙燻肉，做個培根蛋奶麵是沒問題的。

將這件事告訴所長後，他樂呵呵地笑了。

接著，他的表情像是忽然察覺到什麼。

只見所長用手抵著下頷思索一陣後，泛起了賊笑。

看來他是想到了什麼詭計。

「您怎麼了？」

「沒什麼，就是在思考要不要讓研究所採購豬肉。」

所長就這樣面露不懷好意的笑容，當場寫了封信交給在室內待命的僕從。

收件人是王宮的文官。

我這才大致猜到所長在想什麼。

而在一個月後，上次來提出支援請求的文官造訪研究所時，我的猜測便獲得了證實。

所長用那道料理作為開始定期採購豬肉的契機，委託文官交涉這件事。

而且還讓對方用非常便宜的價格批售給我們，當作「聖女」前往該地討伐魔物的報酬。

價格真的便宜到令人目瞪口呆，連家族從商的裘德都驚嘆不已。

看來文官在和領主交涉的時候付出了許多心力。

這筆交易讓他感到很滿意吧。

文官的笑容非常燦爛。

既然豬肉有穩定的供給來源，餐廳的菜色想必會更加豐富。

今後請廚師們和我一起多方嘗試不同的料理吧。

我邊思考著首先要做哪一道菜，邊目送文官返回王宮的背影。

後記

大家好，我是橘由華。

這次非常感謝各位翻閱《聖女魔力無所不能》第五集。

我聽說第五集對出版小說的作者們而言，是一個很大的里程碑。

我能夠達成這個里程碑也都多虧了一直支持我的各位讀者，非常謝謝大家。

話說這件事已經變成慣例了，角川ＢＯＯＫＳ的Ｗ責編，這次也很感謝您四處奔走調整行程。此外也要謝謝您總是陪我討論大綱的細節，一直以來都承蒙您襄助了。

我要對其他相關工作者致上最真誠的感謝。由於環境稍微整頓過了，我想說這次應該可以按照日程完成工作，結果我的估算太天真了。真的非常抱歉，下次……下次我一定會好好加油。

那麼關於第五集的內容，大家看得還喜歡嗎？

接下來要開始劇透了，還沒看過正篇故事的人，建議先去看完後再回來。

讓新的城鎮登場時，我通常會參考現實中的城鎮。不過，可能是我對於寫感想之類的不是很擅長，沒辦法描述得很有身歷其境的感覺，我經常反省要多多精進能力才行。

第五集出現的新城鎮摩根哈芬也有參考原型。

那座都市有非常多陡坡和山丘，並以經常起霧聞名。

我實際造訪那座都市時就遇上起霧。霧真的是水粒子呢，臉上感覺像是被水滴觸碰了一樣，我一開始甚至以為是在下小雨。

我在山裡也遇過起霧的時候，但通常都是在搭車，因此去那座都市之前我還沒有嘗試過站在霧裡，也沒料到霧的觸感就像是微微細雨。

許多事物都是實際體會過後才發現很有趣呢。

除了霧以外，氣溫應該也算是實際體會後覺得有趣的事物。

那是前年的事情了，我去關西地區出差時，體會到攝氏四十度是什麼樣的感覺。

我覺得三十幾度和四十幾度的暑熱是兩回事。那次是真的很熱……

柏油路反照陽光簡直熱到不行，我還在想像沙漠是否就是這種感覺。

未來有機會寫到沙漠都市的話，我會把這次經驗當作參考的。在那之前，我想實際去一次沙漠，畢竟我很喜歡旅行。

同樣是氣溫，一天內感受到的溫差也很有意思。
縱橫南北的話，有時候可以在一天內感受到相當大的溫差。
在我的經驗中，溫差最大可以差到二十度。
一天之內就經歷了夏天與冬天，我還想過或許能運用這一點來描寫大陸有多廣大。
實際上真的有運用這種描寫方式的小說呢。
斯蘭塔尼亞王國都是坐馬車移動，所以應該不會在一天之內感受到這麼大的溫差；但我在想，聖的所到之處都能感受到大陸有多廣大吧。

第五集同樣是由珠梨やすゆき老師負責繪製插畫。
非常感謝您這次也提供漂亮的插畫。您的角色設計依然很精準，我還忍不住握拳叫好。
第五集登場的奧斯卡和青瀾的角色設計全都和我想像的一模一樣。不對，青瀾的設計好得遠遠超乎我的預期。真不愧是珠梨老師，真的承蒙您長久以來的關照。肌肉畫得很棒，多謝款待。
漫畫版的部分看起來也進行得很順利。我很感謝給予支持的各位讀者，以及藤小豆老師等相關工作人員，謝謝大家一直以來的鼎力相助。
第五集出版之前，我確認過幾份要作為特典的原稿，真的很謝謝藤老師繪製了聖穿吊帶

背心的模樣和戴眼鏡的模樣。那些原稿都畫得非常棒。我每次都很猶豫要不要把特典內容告訴大家，通常最後都會決定不提，不過我那時候真的很想放聲大叫。

絕讚好評發售中的漫畫版目前在網路漫畫刊登網站ComicWalker、Pixiv Comic和NicoNico靜畫等地方連載中。部分內容可供免費觀賞，所以有興趣的人希望都可以去看看。

不曉得小說第五集發售的時候會連載到哪個部分。感覺聖差不多又要闖禍了。

這次還有一個人要感謝。

其實第五集的大綱極度難產。我在寫第三集原稿的時候就在構思第五集的架構了，但始終沒什麼想法。當我不知該如何是好時，魔王陛下就來陪我討論了。啊，魔王陛下是朋友間的通稱，平時叫做神埼黑音，是《魔王陛下RETRY！》的作者。多虧有神埼老師在，第五集和第六集的方向都確定了。真的很謝謝您那段時間的協助。另外就是抱歉啦，沒讓正太登場（意味深長）。

最後，感謝各位一路閱讀到這裡。

我會努力儘快生出下一本第六集獻給大家的。

希望近期內還能與各位再會。

聖女魔力無所不能
The power of the saint is all around.

異世界悠閒農家 1~5 待續

作者：內藤騎之介　插畫：やすも

天空之城突然對大樹村宣戰！
火樂與大樹村發生重大危機！

大樹村上空突然出現一座飛天城堡——「太陽城」，一名背上帶有蝙蝠翅膀的男子占領村子，並向火樂等人宣戰。火樂一如往常使用「萬能農具」解決了危機；然而，真正的危機現在才要開始！為了壓制「太陽城」，大樹村召集精銳，開始發動總攻擊！

各 **NT$280~300/HK$90~100**

因為不是真正的夥伴而被逐出勇者隊伍，流落到邊境展開慢活人生 1~4 待續

作者：ざっぽん　插畫：やすも

身負宿命的妹妹&選擇脫離職責的兄長——
曾背負世界命運的兄妹即將展開嶄新的幸福慢生活

露緹離開勇者隊伍後，人類最強的英雄們紛紛追著她來到邊境佐爾丹的遺跡。艾瑞斯為了實現自己的野心而意圖把露緹帶回去，當他與雷德再次相會後，終於引爆全面對決！拒絕當一名有義務拯救世界的「勇者」，因露緹而起的戰端將會如何收場？

各 **NT$200~220/HK$70~73**

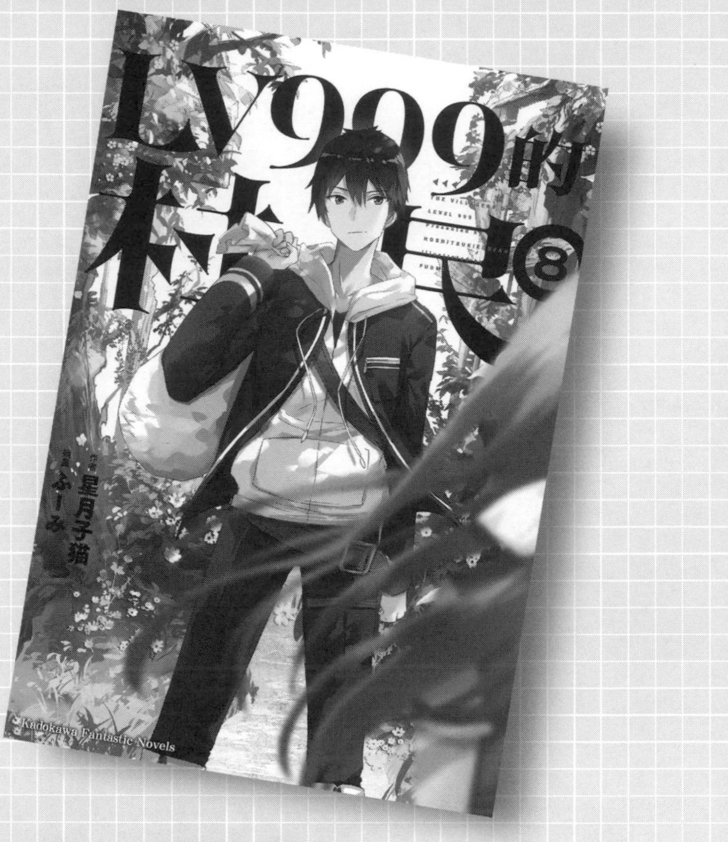

LV999的村民 1~8（完）

Kadokawa Fantastic Novels

作者：星月子猫　插畫：ふーみ

LV999的村民最後到達的境界——
拯救所有世界，打敗迪米斯吧！

鏡被迪米斯轟得無影無蹤，眾人心中只剩下絕望。但是他們並沒有放棄……因為不放棄就是在絕望之中找到希望的唯一方法！毀滅的時刻正步步進逼，爬升到等級極限的普通村民，將會拯救所有絕望的世界！

各 **NT$250~280/HK$78~93**

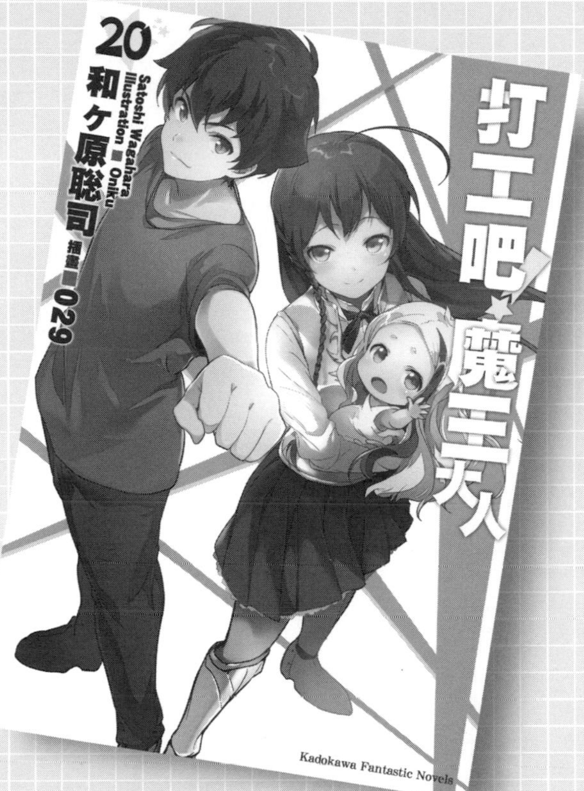

打工吧！魔王大人 1~20 待續

作者：和ヶ原聡司　插畫：029

魔王與勇者展開親子三人的同居生活!?
消息傳到異世界安特·伊蘇拉引起軒然大波！

阿拉斯·拉瑪斯也出現異常。為了拯救女兒，魔王說服了原本頑固拒絕的惠美，前往她位於永福町的家。在目睹了擺在玄關的室內拖鞋、大冰箱和獨立衛浴等遠勝三坪大魔王城的設備以後，魔王大受震撼，親子三人就這樣在惠美家展開同居生活……

各 **NT$200~240／HK$55~75**

國家圖書館出版品預行編目資料

聖女魔力無所不能 / 橘由華作 ; Linca 譯 . -- 初版 . --
臺北市 : 臺灣角川股份有限公司 , 2021.02-
冊 ; 公分 . -- (Kadokawa fantastic novels)
譯自 : 聖女の魔力は万能です
ISBN 978-986-524-230-5(第 5 冊 : 平裝)

861.57 109020384

Kadokawa
Fantastic
Novels

聖女魔力無所不能 5

（原著名：聖女の魔力は万能です5）

2021年3月1日　初版第1刷發行

作　者：橘由華
插　畫：珠梨やすゆき
譯　者：Linca

發行人：岩崎剛人
總編輯：蔡佩芬
編　輯：彭曉凡
美術設計：李思穎
印　務：李明修（主任）、張加恩（主任）、張凱棋

發行所：台灣角川股份有限公司
地　址：105台北市光復北路11巷44號5樓
電　話：（02）2747-2433
傳　真：（02）2747-2558
網　址：http://www.kadokawa.com.tw
劃撥帳戶：台灣角川股份有限公司
劃撥帳號：19487412
法律顧問：有澤法律事務所
製　版：尚騰印刷事業有限公司
ISBN：978-986-524-230-5